全民微阅读系列

故乡的沙路

范子平　著

江西高校出版社

图书在版编目（C I P）数据

故乡的沙路/范子平著. —南昌：江西高校出版社，
2019.1（2024.9 重印）

（全民微阅读系列）

ISBN 978 - 7 - 5493 - 7754 - 1

Ⅰ. ①故…　Ⅱ. ①范…　Ⅲ. ①小小说—小说
集—中国—当代　Ⅳ. ①I247.82

中国版本图书馆 CIP 数据核字（2018）第 224196 号

出 版 发 行	江西高校出版社
社　　　址	江西省南昌市洪都北大道 96 号
总编室电话	(0791)88504319
销 售 电 话	(0791)88522516
网　　　址	www. juacp. com
印　　　刷	北京一鑫印务有限责任公司
经　　　销	全国新华书店
开　　　本	700mm×1000mm　1/16
印　　　张	14
字　　　数	180 千字
版　　　次	2019 年 1 月第 1 版 2024 年 9 月第 2 次印刷
书　　　号	ISBN 978 - 7 - 5493 - 7754 - 1
定　　　价	58.00 元

赣版权登字 -07 - 2018 - 1118

目 录 / CONTENTS

大山里的丁香

丁香是家里的老二,老大也是女孩。

娘生她的时候,爹正光着脊梁劈柴。九伯母出来说还是个妞儿,爹把斧头重重地摔在地上。

满月的时候,爹说,老大叫盼妞,老二就叫换妞吧,下一胎换来个小子。

一晃十多岁了,她该上学了。

她知道大山里的人家都穷,她家更穷,墙透风,屋漏雨,锅台边常发愁下顿的粮食。她不敢说上学。村里只有少数女孩和男孩才背得起书包。她扶着寨门口的丁香树,眼巴巴地望着他们消失在村口。

寨门口迎上爹,她看爹脸色顺,才吸一口紫丁香的香气,向爹说,我也起个大名吧,叫丁香,中不? 爹不耐烦地皱皱眉:“瞎咧咧啥! 不安分!”

她到底不安分,听姐说舅舅那村住了一个收山根根的,就起了心,一得空闲就撒着小脚丫钻进山林。几十天过去,她胳膊、腿上大大小小有十多个伤疤:磕的、挂的、虫咬的。这一片血止住了,那一片又肿起来了。流过一脸又一脸的泪,她到底攒够一篓山根根,换来二十七块两毛钱,说,爹,我要上学。

爹还是皱皱眉说,那谁照看多妞?

多妞是刚生的老三。换妞就去求小学老师央告。老师可怜她,让她抱着多妞上学。

听人家换妞换妞地喊,她心里到底有点不中受,就告爹说要起大名。

爹心里烦,说费那劲儿干啥?算了吧!

她上了三年小学,三年里跳了三次级,到了六年级,语文算术自然样样还是班上头两名。她该升初中了。爹不稀罕老师对闺女的夸奖和许愿,冷冷地对她说,咱不上学了,回家。

她说,爹,我会削山柳条编筐编篮卖,叫我上吧,不费咱家的钱。

爹说,你不知道你娘生了多妞就没起来床?咱家日子磨盘压手了!

爹又说,看风水的刘先生看中你,托你九伯母给他儿子说媒。他家有钱,要定了,也能出钱治你娘的病。

她惊得跳起来,说,爹,我才十五岁……

夜幕像堵墙压下来,她觉得喘不出气,躺在草垫子上蒙住头哭了一会儿,又拽开被子坐起来,四周是浓浓的青草气息。过了好一会儿,她的心又像大山一样稳当下来,她觉得不能就这样白喝几年墨水。

天亮后,她跟爹摊牌说,爹,俺娘的病不能好好治,是咱没钱;我没能上完学,是咱没钱。我跟人家说好了,与同学的姐彩云一起去大山外边打工挣钱,以后还要上学。

爹浑身猛地一抖,扭过头瞪着她。她说,爹,我后天走,我是一定要走的。娘转过身子,呼哧呼哧地喘着气说,俺小丫的脑瓜开窍着哩,到刘先生家去窝憋死俺妞。就该走!

爹眼里的光散淡了,沉沉地垂下头。

她说,爹,跟你商量个事,俺姊妹们不能在山里待一辈子,俺的名字不能这么土。闺女照样懂事，我起大名叫丁香。

爹低着头说，中，由你。

她说，俺姊妹几个商量了，三妹改名叫菊香，姐姐虽说出门了，也要改，叫麦香。

爹猛然一跺脚，转身走了。丁香的鼻子酸溜溜的。

丁香背着包裹走的时候，爹站在家门口木呆呆地看着。姐妹们送到村外。她们挥着手，呼喊"丁香"的声音在白云飘荡的山谷中久久回荡。

美 丽 妈 妈

对面的下铺挤着两个女人：一个盘着高发髻，四十来岁；一个梳着马尾辫，三十来岁。一个四五岁的小姑娘正站在马尾辫旁边。女孩儿圆圆的脸，大大的黑眼睛，咯咯地笑着，一会儿捏捏妈妈的鼻子，一会儿拍拍妈妈的脖子。

高发髻就吵她："别捣乱，让你妈妈睡！"妈妈却不愠不怒，看一眼高发髻，就坐起来小声讲故事。小姑娘说："妈大声点，我听不清。"妈妈说："你看叔叔阿姨在休息，大声说话，影响人家呀。"小姑娘一边听，一边不停地抬头看妈妈。

车到石家庄，停几分钟时间，有顾客下来买食物。马尾辫对女儿说："婷婷，下来去给妈妈买两个素包子。"小姑娘就说："人挤的，我不想去。"马尾辫说："妈妈太累，婷婷乖，能干，肯定能买来。"小姑娘蹦蹦跳跳地走了。马尾辫立即悄悄跟上去。我和周围的旅客都恍然大悟,原来妈妈是在锻炼孩子呀,真是用心良苦。

小姑娘睡着了。高发髻靠窗坐着说:"妹子,孩子小,你锻炼她太早了,前边给她讲故事,又太惯她了。"马尾辫说:"谢谢你,大姐。说到惯她,不要说午睡,就是半夜,只要我的婷婷醒了想听故事,我随时就讲,得为她负责。"高发髻笑起来:"负责不负责的,扯不上边。"马尾辫说:"你不知道,我的婷婷有残疾。"

我们都吃惊。高发髻说:"哪里有残疾?我咋看不出来?"

马尾辫低声说:"耳朵,耳朵失聪。"

高发髻继续惊讶:"我看她说话听话都很灵的呀。刚才不是……"

年轻的妈妈露出一缕微笑,是发自内心的那种骄傲的笑,轻轻说:"治得还算行。"

女人嘛,总是藏不住话的,特别是面对热情的高发髻,马尾辫就慢慢讲起来。

孩子刚生下来的时候,我们并没感觉,其实应该有感觉。本来嘛,吃奶睡觉都正常,不爱哭,倒是爱笑,胳膊腿乱动的,很可爱。到了四五个月的时候才发现,怎么喊她,给她摇铃,只要眼看不到,她就没一点反应。还以为是别的毛病,没往这上面想,但是看了医生,结论出来了,先天性失聪。残酷的结论,沉重、难受,我几天都不吃不喝。后来婆母就说话了,要我们把孩子扔掉,再生一个。他们家两代单传,生女孩就不满意,更别说残疾。公公在铁路上,有些权力的,婆婆当家又厉害着呢。丈夫呢,一生在爹娘阴影里过日子,哪敢吭声啊。开始我不愿意,后来还是顶不住压力,就抱到了火车站台,趁旅客还没到来,把她放到了站台中间。我慢慢地退着走,看她水汪汪的大眼,目不转睛地盯着我。我离开一步,她的头朝这边扭一点,眼珠向这边偏一分,一直盯着我,到最后看不到我了，忽然爆发了哭声，惊天动地的。我的泪水霎时就哗哗地淌下来，回过头，三步并作两步跑过去，把她紧紧地抱在怀里。我哭着对她说，婷婷，不管前程咋样艰难，妈妈陪伴你，这辈子再也不分离。孩子好像听懂了话似的，一下子停住哭声，泪水挂在腮帮上。我想，要是不残疾，也许可以送人，可耳聋口哑的，别人拾到会不会善待？难道孩子来到这个世界上，就该丢了性命？我想，既然生了这个孩子，就要对她负责。

　　是的，你说得不错，负责是要有代价的。婆婆一看我又抱回去，那张脸一下子就拉长了。忍让，拼命做家务，给婆婆下手洗痔疮，一切都没有用，最后只能是离婚。孩子他们当然不要，我还舍不得留给他们呢。现在，也难，可那一段日子，最难，泪都哭干了。我要把婷婷照料成人，成为对社会有用的人。求医问药到处跑，去了多家医院，吃了好多药，我就不信看不好！后来知道北京一家医院能看，趁孩子还小，做手术，埋到后脑里一个微电脑助听器。很成功。就是过一段时间就得调，只能还到那调整。这一次就是孩子说噪音大了，我才来北京。关键是钱，为了孩子，房子卖了，工作丢了，亲戚朋友借遍了，给人加工窗帘累得手脖儿肿了。在家时我见缝插针，教婷婷文化课。恐怕教不好，抱着孩子上"聋哑幼儿父母培训班"。白天我得挣钱，现在又加工手套，一个手套赚一块钱，午饭后也不敢歇。只要孩子有精力，一遍遍地给孩子纠正发音，夜里也总是到十来点，有的词得教几百遍。婷婷也争气，两岁半时学会喊"妈妈"，现在能认七八百个字，会背几十首唐诗，加法减法也熟，比同龄的孩子，一点都不差。我还教育孩子正视自己。开始，她哭，不承认，现在，能平静对待。那次我的同学当她的面说到残疾，婷婷马上接话："有残疾不算啥事，就算治不好，残疾人干成大事的多着呢。"

高发髻说："可你毕竟还年轻，应该再找一个。再说你也太难了，找一个也好些。"

马尾辫站起来，沉默好久才说："大姐，相不中的人，我不会谈。我相中了，人家就是也相中你，也受不了这样带孩子。可是，也有一位，年纪比我大十多岁，看得出来，喜欢我也喜欢孩子。只要真心接纳我的婷婷，帮我把婷婷培养成人，我愿意。不过不急，苦日子也过惯了，得再看看，得对我的婷婷负责。"

高发髻显然被打动了，说："你对孩子这么负责，心这么好，肯定会找到一位如意的……"她突然又说，"你自己不知道？你多美呀！"

西斜的日光透过列车的玻璃窗映照过来，年轻妈妈的脸庞上映出一片胭脂红，好像一个美丽的女神。

十 八 婶

十八叔是个相貌堂堂的男子汉，高个子，国字脸，浓眉大眼配上一头厚厚实实的黑发，果然把黄河滩的姑娘封小花吸引得如痴如醉，不管不顾地跟着十八叔跑来我村，成了我的十八婶。十八婶除了头发也很乌润外，模样一般，但她祖上是封氏拳的创立者，她爷爷还收过徒弟的。于是村人开始对十八婶颇多敬畏，譬如娶媳妇"闹新娘"，因惧怕十八婶有武功，大家虽然嘻嘻哈哈，但实际上草草了事。

时间一年年过去，大家就没见过十八婶的武功。十八婶跟姑娘、媳妇们说说笑笑的,人家上地她上地,人家做饭她做饭,人家打工她打工,人家生孩儿她生孩儿。大家便都觉得她身上的光环一丝一丝地少了。

村里的男人爱打自己的女人,这是有传统的,我爷爷就曾把我奶奶打得满地找牙。要说谁家女人没挨过男人的打,在俺村肯定是头号新闻。头几年十八叔没打十八婶,估计是对她的出身有所忌惮,但后来看十八婶越来越稀松平常,骨头缝里打老婆的遗传基因就慢慢地溜出来了。于是十八婶像其他女人一样,脸上时而就有红红的巴掌印。

一转眼,孩子旺根上小学了。这天旺根走后,十八叔两口都发现孩子的书本忘在家里,十八婶一把抓起来就慌慌张张地往学校送。她从学校回来,十八叔阴着脸站在当院质问,你把旺根的书本送到哪里了?十八婶很奇怪地回答,交给他老师了呀。十八叔拿起那本算术书拍打着,这是啥?他照着十八婶的肩膀就是一拳。原来十八婶一溜小跑,那本算术书竟从一摞书本中溜出来掉在十字路口,幸好让十九叔捡了去。十九叔有文化,看到课本皮上有用铅笔歪歪扭扭写着的旺根的名字,就急急地给十八叔送回家了。

村里的女人们听说了都劝十八婶,说男人都不是东西,白天黄昏拿女人出气。十八婶却愧疚地说,我这人——真该打!孩子的课本多重要!我咋这么粗心哩!叫劝她的人倒是没了话说。

不是十八婶不自强,她确实是看旺根看得重。老师也说旺根特开窍,多难的问题都是一点就透,好好培养到高中,没准儿就是上清华的料。十八叔觉得老师分明是讨好的虚话。可十八婶听了,明里暗里都是喜欢的。为给孩子增加营养,她每天早上都要先给旺根煮鸡蛋吃。

十八叔种地加上做生意，日子过得很不错，但不幸又迷上了赌钱。许多庄稼人都赌钱，但十八叔动不动把赌场搬家里叫人堵心。这两天旺根的小学二年级要考试，但十八叔说今天该轮到他家，还是把赌场搬过来。一伙人在屋里抽烟喝茶咬瓜子，烟熏火燎弄得人不停地咳嗽，搓起麻将来哗哗啦啦响，加上肆无忌惮的高声谈笑，弄得旺根简直要崩溃。十八婶就过去求情，求过情充其量只能好上三五分钟。每当一局到头，有的欢呼有的骂娘，声音高昂杂乱得似要把房顶掀掉。孩子哭着说，妈，我以后没法上学了。

十八婶的心里憋着火过去说好话，天晚了，今天咱就到此为止吧！但没人理她，甚至没人看她一眼。一个普普通通的娘们儿，有啥值得重视的呢？再说打败的鹌鹑斗败的鸡，十八叔又不是没降服过她！十八婶火气终于爆发了。她上去猛地一掀，把麻将桌子一下掀翻，麻将牌哗啦啦摔得满地乱跳。赌钱的人向来是只说自己的。赌到兴致正高处被人掀翻桌子，大家火气也都扑腾腾的，摩拳擦掌恨不得逮住十八婶刀剁斧劈。大家都盯着十八叔。十八叔上去就抓十八婶的头发。因为十八婶秀发飘逸，平时是村里一景，但打架应该是弱点的。但这次十八叔没能抓得住。十八婶把腿抬起来，一只脚就挡在十八叔的面前。接着十八婶的腿上翘与身体简直是一体了，那身架还是笔直的，长腿就像是从头上长出的刀剑。十八叔挥拳砸过去，十八婶的腿呼地打下来，脚正砸在十八叔的脖子上，壮汉十八叔扑腾就栽倒在地上了。几个麻将友目瞪口呆。那个黑胖就上前去——俺村拉架差不多都是拉偏架，就是帮助老公打老婆。十八婶这时特警惕，她的那条腿始终在上边，像扬起一面旗帜，突然脚朝奔来的黑胖胸口一点，黑胖顿时也栽倒在地上，半晌都没能爬起来。

十八叔家的麻将桌再也没有支起来，而且十八婶一脚还踢出个家里地里都勤快的十八叔。十八叔这个人有意思，硬有硬样，软有软形，从此在十八婶面前低三下四，叫干啥干啥，搞得十八婶倒是不好意思。旺根跟同学说起来最兴奋："我真服了！就俺妈那一只脚，就胜过俺爸同那几个麻将伙计！"

蓝 菊 花

秋天是菊花的世界，然而，你见过蓝色的菊花吗？

那一片蓝菊花，像月亮湖一样湛蓝，在一望无际的黄灿灿的菊花田中间分外地显眼。

今天星期一，小燕要早早地上班，可一出门，却不由自主地又移步到蓝菊花田。一踩上这儿的田埂，她的眼中就汪满了泪水。

他说："小燕，这有一包蓝菊花苗，我本来要当面交给你的。这蓝菊花是菊花的最新品种，我高中时的同学文小杨研究生毕业后现在菊花研究所工作，要不然还搞不到手呢。蓝菊花比一般的黄菊白菊药效要高两倍，你在农业局可以研究推广呀，再说，蓝色也象征咱俩的爱情呀……"

他是军校毕业生，某部队的连长，是她的未婚夫。可是这话却是他站在滂沱大雨中，对着门缝向她喊的。

她生他的气，气得很厉害。她的舅舅现在县里当人事局局长，年龄快到退下来的线了。她要他赶快转业，趁舅舅还在位，给他安排一个合适的位子。要不然，营团级干部还不好安排呢。但

他不听,反而一次次地给她讲大道理,讲得她两手捂住耳朵。她真的生气了。这次他来家探亲,她就一直躲着他。

她确实没想到他这次探亲的时间这么短。她只是要和他怄怄气,要怄得他回心转意。在他回家的第一天,她有意赶往市农业局去查资料,尽管那活儿并不是那样紧,晚上还是没回来,就住在了市局的招待所。第二天上午她仍没回县局而是到了县林场,听说他昨天来这里寻她,一种说不清的感觉涌上心头。下午,她又到了菊花新品种基地。乌云涌上来,山风吹得田间的菊花波浪般起伏,一会儿大雨铺天盖地扫下来。她刚躲进那间守护小屋,看见他一边用手抹拉着额头上的雨水,正急匆匆地朝这里跑来。她随手上关了小屋的门。

"小燕,你快开门,我有话跟你说。"

她背靠住门,一声不吭。

"小燕,部队有紧急任务,来了加急电报要我抓紧归队。我来家两天,一直找不到你。今天只好走了,已经过了白马河,听林场开车的小张说你又来这儿,我趟着河赶过来的。我的时间不多,你快开门。"

她的心里一热,泪水顺着脸直往下流淌,转过身来要去开门,可是突然又想起妈的话:"他太不知道好歹,太不懂人情世故,铁打的营盘流水的兵。等你舅舅退了,再回来,去哪里找到好工作?你要硬起心肠晾晾他,冷落冷落他。要不然他咋会听进你的话?"当初全家就都不同意她选择他。她知道妈的话不是全对,可归根结底也是为他们今后的生活着想啊!

"小燕,你快开门,今天雨下得猛,一会儿洪水冲下来,这间小房危险!"

她只是靠着门无声地啜泣。

大雨如注。他拿起门外边的铁锹,吭哧吭哧地在小房四周挖起了排水沟,不让山水冲到房屋的墙基上。

她开始不知他在干什么,后来隔门缝看到这情景,她要冲出来拥抱他,但是又想起妈的话,她哭出了声音。

"小燕,这有一包蓝菊花苗,我本来要当面交给你的,这蓝菊花……"

她终于打开了门,然而他已经转身走了,一走就再也没有回头!只看到他那高大的身影,倏然间消失在茫茫的雨雾之中。

以后的情景,她听在白马河那边开小饭店的小林说了。他为了赶时间,在白马河正不断涨水的情况下,冒险趟过了浊流滚滚的白马河。河水裹卷的树枝木块,擦烂了他的腿和腰。他到小林的饭店简单包扎了一下,就去路边拦了一辆"面的",匆匆忙忙往火车站赶。他到底赶上了南下的列车,带着伤痕,穿着一身湿透了的绿军装,义无反顾地踏上了归程!

心疼、后悔、难受,像怪兽一样吞噬着她的心。她的心转变了。她要支持他在绿色军营里干下去,只要他高兴。她想等他再次回来,向他好好解释。她知道,只要她靠在他那宽厚的胸膛,他总是会原谅她的。

但他再也不会回来了!

他是在抗洪斗争中牺牲的。那一夜,他带着连队救了三百多名群众之后,卷入长江的浊流……听到消息,她昏了过去。许多个日日夜夜夜,她都流着泪在想:假如那一天预先知道这些,我……但是没有假如,只有那象征着他——一个军人的品行和爱情的蓝菊花,在田野里葳蕤地开放!

黑　牡　丹

　　黑牡丹踏着碎步从村主任的寨门前路过时,村主任心里一动。他同情她,知道她是去自家那坡地里刨土豆。一个女人家,管全家的吃穿,不容易呀。他也喜欢她的俏丽,除了稍微有些黑,浑身上下都是韵味,已经二十七八岁,仍然娇艳得如同山坡上的一朵鲜花,真不愧是"黑牡丹"啊!

　　这样想着,村主任就有些身不由己,一步步地踱到东山坡上,装着偶然路过的样子看黑牡丹。

　　黑牡丹埋头刨地,气喘吁吁,汗渍的脸蛋红红的。

　　村主任"哎"了一声。黑牡丹很短暂地瞟了他一眼,仍然低下头干活,晃动着柔软的腰身。

　　村主任咽一口唾沫,想,怎样才能走进她心里呢?

　　村主任说,上边布置了,要救助贫困户,你有什么困难就开口。

　　村主任又说,这活是老爷儿们干的,他妈的二定简直不是人!

　　这话不是白说嘛。打黑牡丹被塞进花轿抬进山村,二定从来是只管吃喝嫖赌打老婆,家里家外的活都是黑牡丹干。黑牡丹的长睫毛扑闪两下,没有吭声。

　　村主任长长地叹口气,说,要是顺子……唉!

　　黑牡丹的杏仁眼里涌出一长串泪花,扑簌簌地往下落。她起身跑到地那头。

那年黑牡丹还是东五里营村的姑娘小丹,她爱上了外乡来的采药后生顺子,顺子善良朴实、吃苦耐劳。两个人正好得不分你我,却被爹娘活活拆散。这边二定的爹和那边黑牡丹的哥,领人把顺子打了个半死。在二定迎亲的唢呐声中,顺子一步一个血印地爬到断头崖,一头栽进了老龙潭……

村主任不再说话,他抡起镢头刨土豆,给黑牡丹刨土豆。他想,早就该帮帮黑牡丹了。

村主任以后就常来帮黑牡丹。他是一个能干的、有韧性的男人,想到就能做到。从这一天起,一直到二定死亡,村主任帮黑牡丹干活再也没有间断过。

于是就有了闲话。这也难怪,在这么闭塞的山村,村会计帮黑牡丹捎回一袋萝卜,还有人说这说那呢。

村主任开始帮黑牡丹的第三天,这天村主任仍来帮黑牡丹整地。这时二定掂一把斧头跑来了。

村主任一看到气势汹汹的二定,腿不由颤抖起来,汗水湿透的布衫唰拉唰拉地响。

黑牡丹的目光从刚整好的田垄上,移到从远处急急跑来的怒目圆睁的二定身上,又迅速挪到村主任身上。

黑牡丹说,你跟我怎么了?

村主任更是惊慌,连忙摆手,没有,什么也没有,天地良心。

黑牡丹说,你是村主任?

村主任有些可怜地点点头。

黑牡丹说,你是大老爷儿们?你腿窝长有男人的东西?

村主任没有回答,他看黑牡丹。黑牡丹静静地立着,像一棵小松树。她那长长的黑发,被风吹拂着,在空中优雅地舞动,像一匹在山坡上撒欢奔驰的牝马。

村主任的腿突然有了力气。他抢上一步,紧紧抓住手中的镢头,挡在黑牡丹前面,厉声地喊:"二定,你成天吃喝嫖赌还是个人吗?现在讲男女平等,你家的活儿今后你也要来干!你要是再敢胡来,我叫民兵抓你!"

二定的凶恶像一堵被掏空根基的山墙,哗啦一下子倒塌下来。二定一屁股坐在地垄沟里。一年后二定死于酗酒。其实那次他只喝了一斤老白干,离平常的酒量还差半斤。人们说他是绿帽压得他抬不起头,心里憋屈得慌才死的。

后来,村主任的眼神就跟黑牡丹黑黑的眼珠子相撞了,村主任跟黑牡丹真的好了。村主任没有说过跟老婆离婚的话,他觉得黑牡丹知道他的决心,他是一定要离婚的。他老婆的年龄也并不太大,只是文化水平、性格、相貌,一切的一切,和黑牡丹比差得太远。但是,一切又不是那么容易,拖着就这么一年一年过去了。村主任觉得对不起黑牡丹。

村主任就叫黑牡丹管村里的山林,每年有几百块钱的补贴。黑牡丹想往山外的世界看看,可山路艰险,不要说汽车过不来,就是空手走也得小心翼翼地扒高上低,一不注意就会掉进深渊。村里人很少出山。村主任就想起修路。修路?得打通几道山,挖几个山洞,没有几百万元下不来。

村主任说太难了,路不修了。黑牡丹说修路可不是为我,咱村大翻身!山村人听说,也都在街头嚷嚷着无论如何得修路,祖祖辈辈就盼着这一天呢。

黑牡丹说,在村里,就是几辈子也想不起办法,得去山外想。

村主任就跟黑牡丹一起出了山,找亲戚托朋友到处奔波。苍天不负有心人,还真是有人投资,是一个南方老板。这人并不露面,让他的副经理出面谈判,越谈越谈不拢。村主任想这事又黄了,突然那位副经理又找上门,说老板要亲自出面跟黑牡丹单独谈。

村主任灰了脸,狠狠地骂一句,说咱不跟他谈,这人万一是流氓呢。

黑牡丹想了半晌说,要是能修路,是咱山里人几辈不遇的福气,是你村主任千年不灭的口碑,多大的事!我去,就去冒一回险!

村主任大吃一惊,说,你去,要是万一……我心里啥滋味?

黑牡丹说,除了我去,你还有别的办法吗?

村主任心乱如麻,在地上乱转圈。

黑牡丹就依约到云峰宾馆的一个豪华套间,这时是傍晚七点。那位副经理满脸涎笑地过来给黑牡丹倒杯茶,抱拳说:"真不好意思,我们老板看中了您,如果您能陪我们老板一夜,明天就签合同。"

黑牡丹像是吃了个苍蝇,起身就往外走,忽听里间传出一个沙哑的声音:"别走呀,是跟你开玩笑的。"说着走出来一个胖胖的中年男人。副经理连忙去搀扶,被胖男人厌恶地推开了。胖男人一使眼色,副经理赶紧走出去。黑牡丹愣住了,几乎要喊出声来——这不是顺子吗?虽然脸庞发胖,额头上添了几道抬头纹,但是引人注目的招风耳、淡淡长长的眉毛、蜷曲的头发,还有嘴下的黑痣,哪一点不是顺子哥?

顺子结结巴巴地说,他那次投潭自杀被人救起,辗转到南方发展,现在搞个公司也挣了几个钱,就是听说黑牡丹在这里,才决定来投资,但是很长时间没见,又想看看黑牡丹现在是不是变了,就这样来开个玩笑试试。黑牡丹多想扑到顺子的怀抱里,可又突然觉得心口压抑,出不来气。她脸色通红,呼呼地喘着气,半晌才说,你有了几个钱,就这样来辱没俺山村的女人?她上前去似乎要说几句悄悄话,却扬起胳膊用了平生之力,朝顺子脸上甩去。一直到她气咻咻地走出宾馆门,那"啪"的一声响,还韵味悠长地回荡在空中。

爱情的终结

银杏高中没毕业,爹患肺结核去世,家里塌了天,留下一屁股窟窿债,还有一个患哮喘病的娘。银杏就辍学种自家的二亩半责任田。再后来,娘也死了,银杏就成了自家的天。

银杏跟着乡里的建筑队到城里打工。建筑队正给县外贸局建一座仓库,银杏就给建筑队做饭看摊儿。

银杏命苦,命苦的人就懒得打扮,穿一件肩膀处有补丁的蓝色外衣,早上到小压水井处掬一捧水抹拉一下脸就了事,有时头发都懒得梳。

县外贸局的局长时不时来工地视察。他姓丁,重点大学毕业,听说是查档案提拔起来的,眉眼很英俊,说话也很果断。因为那个时代穿补丁衣服的已经很少见了,所以丁局长一来就注意上了银杏的补丁衣服,开玩笑说:"还穿样板戏的衣服啊!"声音很浑厚悦耳,银杏的心头一颤,不知怎么就爱上了他。

银杏知道人家是大学生、局长,自己是打工妹,简直是天地之差;再加上人家又有个大学毕业的老婆,家庭幸福美满,但她就是解不开心头的结。她夜里加班和灰,拼命地多挣钱,挣了钱就买衣服和胭脂,打扮得花枝招展。全县城都知道了外贸仓库建筑工地上有个俊丫头。

但是丁局长从那一句话以后就再也没有和她打过交道,甚至没有瞟过她一眼。银杏可没有灰心,她一如既往地想丁局长。恰巧发生了一件意外的事,丁局长的妻子病死了,银杏要抓住这个机遇。她打听到了丁局长的生日,送去了一束灿烂的野菊花,希望那花扎根在丁局长的心坎上。后来有那么一天,外贸局召开政治思想工作会,让建筑队工人全部参加。丁局长在会上娓娓动听地讲:"外在的美是暂时的,内在的美是永久的。只有内在文化涵养深沉的人,才会攀上人生的高峰,才会拥有高尚的爱情……"

银杏一夜没有入眠,翻来覆去回味丁局长的话。第二天,她便开始着魔般地读书。本来她的功课在高中就是拔尖的。当建筑队离开外贸局工地时,她接到了上海交通大学的录取通知书。

大学里,她给丁局长寄去了一封火热的信。丁局长回信很含蓄,但她捧在手里读了又读,寂寥的日子里,丁局长始终是她的灯塔。她读完了硕士、博士,移民德国,成了德国一家著名企业的经理,当有人给她介绍一位条件好的男朋友时,她又想到了丁局长,一阵阵思念海潮般卷上心头。

她踏上了家乡的土地,大学的一位同学在省委组织部工作,陪同她到县里来。丁局长又结了一次婚,然后离了,只是变成了丁县长。她想热情地迎上去,丁县长却躲躲闪闪。前边有市长、市委副书记、县委书记,还有她的大学同学,丁县长不会僭越位次。座谈会上,丁县长恭恭敬敬地称她为"尊敬的总经理琳达小姐",她突然有了鲁迅再见闰土的感觉。她也抽暇端详了丁县长,那双大眼睛却已浑浊无光,那张国字脸却刻上了一道道皱纹,岁月无情啊!比自己的变化还大!但即使他形貌依旧,自己还会爱上他吗？一个可怜巴巴的县处级干部！她又想起了当年丁局长的讲话，什么内在美，外在美，内在涵养，简直是一些无聊词语的堆砌！怎么会成为激励自己上进的座右铭！世事就是奇怪！于是她终结了这缠绵十几年的爱情，仅仅在这个地区签订了合资办厂的协议。

卖花的小姑娘

已离休多年的李政委出来散步，刚踏上康定桥，一束鲜花高举到了面前："爷爷，买束花吧。"

李政委见是一个七八岁的小姑娘。小姑娘冻得发红的脸蛋，红方格布衫，过时的红头巾里透出的几缕头发凝着白霜，黑眼珠亮闪闪的。李政委就有一种心疼和怜爱，弯下腰问："孩子，几岁了？你家的大人呢？怎么不上学？"

小女孩踮起脚把花又往他鼻前凑："爷爷，你闻闻，可香了，买束鲜花吧。"

李政委夸张地嗅了嗅说："你的花真香，爷爷闻到了，买。"他忙伸手到上衣和裤的口袋里，摸索了一阵，很遗憾地摊开双手，"哎呀，今天爷爷没带钱，明天爷爷一定买。"

小姑娘眼神一亮又黯淡下来，说："你一定是一位好爷爷，先把这束鲜花带走吧。"

李政委正要把鲜花推回去，身边过去一个穿着华贵的中年妇女，小姑娘急急地跑过去："奶奶买束鲜花吧。"那个妇女十分厌恶地猛一拨拉,几乎把小姑娘拨拉得摔一跤。

李政委连忙说:"你这位老同志怎么……"但是小姑娘看到路那边又来了几个青年男女,不要命地跑过去,几乎被飞驰而来的摩托车撞上,李政委的心一颤,拄着拐杖走了。

第二天,李政委揣了钱,早早地来到康定桥头,那位小姑娘已经在了。李政委一下子买了十束,小姑娘欢天喜地跺着脚:"我娘今天有钱买药了! 我娘今天有钱买药了!"李政委问她:"为什么不上学呀?"

小姑娘回答:"找到了爹,我就能上学。"

李政委又问下去,这才知道,小姑娘的爹就在这个城市打工,原来说一到腊月就回去,但是过年时也没回家,一直到小姑娘的爷爷生病去世也没回家。小姑娘的娘埋葬了爷爷,把弟弟托付给奶奶,就带着她来这里寻爹,但一直找不到。带的钱花完了,娘就批发鲜花来卖。这两天倒春寒,娘病倒了,发烧,说胡话,舍不得买药苦撑着,小姑娘就替娘来卖鲜花。

李政委回去以后觉得心脏不舒服,女儿就劝他去看病。他不想去,在家吃着药待了两天也没怎么见好。这天早上他就又拄着拐杖出了门。天空彤云密布,飘着稀稀疏疏的雪花。天很冷,冻得耳朵根儿生疼。他估计小姑娘可能不会来了。但是老远就看得见那身鲜艳的红衣裳。他走到跟前正要打招呼,忽然不知从哪里蹿出来一个黑胖子,劈手夺过小姑娘的鲜花,摔在地上踩得粉碎,小姑娘惊恐地瞪大了眼睛,好半晌才哇的一声大哭起来。

李政委气得浑身发抖:"简直是土匪! 欺负这么一个可怜的小姑娘。"他拿起拐杖就敲过去。那个黑胖子稍一躲,抓住拐杖一拉,把他拉了个趔趄,斜着眼恶狠狠地道:"老东西,不是看你没几两老骨头,扔河里去喂鱼!"

李政委可气坏了，他正要往前冲去，旁边两个好心的市民拽住他的衣服，等黑胖走远才告诉他："别跟这种人一样见识。欺行霸市的，连做小买卖的都得给他们交'保护费'，这个小姑娘没交，怎么会不挨整！"

李政委的儿子就是这个市分管治安和市场的副市长，在自己家门口却出了这样的事情！他到家就给儿子打电话，说了这件事情，还说了自己对打击黑社会、规范市场秩序、扶持弱势群体等问题的深入思考，他还说，他下定决心要帮助小姑娘一家走出困境，还要资助这个小姑娘上学，从现在起，直到她大学毕业。

他的儿子这时正斜躺在皇冠宾馆一个套间的席梦思床上，一支接一支地抽烟。最近上级来考察班子，他想竞争副书记兼常务副市长，可是他的对手在搜集材料整他，怎样才能战胜对手再上台阶？他苦思冥想。老爹的电话，他"嗯嗯"地支吾着，根本没往心里去。老爹这头急了："你到底啥态度，咋一声不吭？"儿子在那头更急："爸，我这儿正在开重要会议，那些小事以后再说。"啪一声挂断了电话。

李政委知道不能干扰儿子的大事业，又觉得和儿子越来越难交流思想，心情十分郁闷。他漫无目的地出了门，没走几步，忽然一阵憋闷，口吐白沫倒在地上。

当儿子和女儿赶到医院急救室时，老人已进入弥留状态，他手在空中乱舞了几下，断断续续地说："救救……鲜花……小姑娘……"就万分遗憾地呼出了最后一口气。

他的女儿问哥哥："咱爸说啥？鲜花？小姑娘？"

阅历丰富的副市长用手轻轻地揉着合上老父亲的眼皮："幻觉，咱爸那都是幻觉。"

芳　芳

我这次到白云山，更主要是为了见芳芳。

白云山是一座风景秀丽的山，芳芳是一个漂亮的女孩，在我的心中山和人是融为一体的美。

我就是因为山而认识了人。那是前年暮春季节，我到白云山写生，被双龙谷的景色迷住了。为再现白云缭绕飞瀑喷雾的雄壮山色，我一直下到谷底。一直到暮色茫茫时，我才恋恋不舍地收起了画册。听到远方隐隐传来的野兽吼叫声，我顿时慌了神。但是来的路在哪里？东奔西走也找不到了。后边草木丛中传来一阵窸窸窣窣的声音。我的头发梢都翘了起来。正在惊慌失措，一阵银铃似的笑声飘到了跟前："画家，害怕了吧？"她就是芳芳，我就是住在她家。我问她怎么知道我在这里迷路，她说一见我这时还不回去就想我是迷了路，就一直找到这里来了。我俩一路说着话回到了她家。芳芳身材修长，眉眼俊俏，是一位活泼开朗的姑娘。因为有了她，在幽静的山村里住成了一件很惬意的事。她那时正在学裁缝，常常来翻看我画的画并随口评论，也爱和我说些山里的故事。她的胆子也不是真大，从双龙谷往山上走着走着，夜色越来越浓地漫上来，路边树上老雕什么的扑扑棱棱一动，吓得她直往我身上靠。我轻轻地拥住了她，感觉到了她的心跳，一种温馨的滋味涌上了心头。

一晃两年过去了。我以她为原型画的"白云山村姑"油画得了省里的二等奖，我把油画的照片寄给了她。我们又通了几封信，好几封信她都说很想念我。我是该再看看心慕已久的秀山丽水，该见见我朝思暮想的像白云山一样秀气的姑娘了。

如果不是白云山依旧雄伟地耸入蓝天，我几乎怀疑自己来错了地方：芳草点缀的青石阶梯小道已为盘旋而上的柏油路所取代，山村里的颇具特色的尖顶草房都换成了两三层的钢筋水泥楼房，到处是标着"宾馆""酒楼""招待所""歌舞厅"的牌子。大街上有很多卖各色项链遮阳帽等纪念品的，各色小吃处也人群闹哄哄的，摩的司机又争着拉客……幸好芳芳来接我了，她嗔怪道："我信里不是交代你么，一下车先打电话，怎么又忘了？"她亲昵地挽起我的胳膊，扭头又打量我一眼，说："你怎么还穿这种夹克衫，去年就不时兴了。我给你设计一新款穿穿吧。"

她家也换成了小楼，小楼的客厅里还安装了柜式空调。我洗漱后，芳芳就在客厅里为我量尺寸。当时在场的还有另外一位姑娘，她说："你真是幸运客人，我们老板亲自为你量尺寸。"我惊奇地问芳芳："你当上了老板？"芳芳说："啥老板呀，我办了一个服装厂，叫芳芳服装厂。你先找一个条件好一点的宾馆住下，回头给我题写个厂名吧。"

第二天一早，芳芳就把连夜赶做的衣服给我送到宾馆。夹克衫是米黄色的，裤子是白色的，样式设计得别具一格。我穿上对着镜子一看，确实新颖别致，同时又非常合身、非常协调，在我居住的省会城市里恐怕还买不到呢。我惊喜地说："芳芳，你简直是个服装设计天才。"芳芳也笑着说："你喜欢我就高兴。先用早餐，饭后咱们到我的服装厂看看。"

在芳芳的服装厂参观时，我看到了一个很精明利索的小伙子扛着摄像机，看芳芳的眼神不一样。我问芳芳，她说："县电视台是咱们的关系户,听说你到了,他们能不来?"我细细地问,她才告诉我这位就是她男朋友。我的心里一沉。我想芳芳也没有明白说过和我谈恋爱,我不应该有什么想法,但是不行,心里就是有那么一种沉沉的感觉,一直挥之不去……

晚上斜躺在宾馆的席梦思床上,我打开了有线电视,正是县电视台,正在播我在芳芳服装厂的镜头,一播就是十分钟。"全国著名青年书法家画家肖小帆……"老天!别说全国,在省里我也没有什么名气,充其量是省会城市一个区文化馆的馆员,省会里比我强的书法家、画家多着呢!"专程从省会到芳芳服装厂定做服装……"这话说得也不合事实呀。"全国著名青年书法家、画家肖小帆当场穿上芳芳服装厂为他赶做的衣裤,多么潇洒,多么意气风发……"这样的解说词真叫我汗颜!"全国著名青年书法家、画家肖小帆在对芳芳服装厂参观之后,当场挥毫为芳芳服装厂题字……"看着这些,我忽然想到:芳芳已不是两年前的芳芳了,我这次来白云山,是不是她蓄谋已久的"阴谋"?

玉　芹

玉芹久久地蹲坐在山岩上,目光越过横在头顶的大条石,仰望灰色的天幕下弥漫的黑云,又打了一个寒战。她对着天幕喊道:"天,你保佑我们穷人吧!"

玉芹从八岁起就开始哀叹自己的命运了。就在那年秋天,从石灰窑的塌方石子堆里刨出来的爹,血肉模糊地躺在自家草房门口的门板上，两只大脚从打着补丁的宽裆黑裤腿里伸出来。玉芹瑟缩在爹的旁边，一手拉着哭得昏过去的娘，苦苦地想：那个赶集回来喜悦地递给她一沓新作业本的爹，再也不会起来了？爹是家里的天哇！可爹去了！

娘是她家的地。天塌了，娘窄窄嫩嫩的肩膀，担起了深山沟里他们全家的日子。六年了，两千多个日夜，他们全家高一脚低一脚地过来了。遗腹子的弟弟已经上小学了，玉芹已经是初中生了。咬着牙拉扯她们长大的娘，拼了命供他们上学，才三十多岁，已经鬓发斑白，腰也伛偻了。不管在外边受多大的委屈，只要一看到娘的身影，玉芹的心就暖暖地充满了阳光。两个煮熟的鸡蛋、一件廉价的新衣服就是家里的节日。娘带着他们姊弟俩，总是辛酸的穷日子伴随着亲情的甜蜜。娘双眼里放射着极其欣慰的光，往报纸糊的墙上张贴玉芹领回来的奖状的时候，那家里就更是欢乐的海洋了。

玉芹小心地抚摸一下好不容易才到手的蟹爪蓝，忧伤的眼泪从脸颊上淌落下来。她喃喃地道：这就是命运吗？娘是多次请人算过命的，可是从来没有告诉她结果。她只知道善良忠厚的娘、心灵手巧的娘、含辛茹苦的娘患上了噎食病，从此再也不求人算命了。娘的眼睛一点点凹下去，娘的颧骨一点点凸出来。乡里来的老中医说，要想有救，只有采到蟹爪蓝。蟹爪蓝生在悬崖峭壁，山里的小伙子一般也不敢冒这样的风险。可是玉芹不能不拼着命来，这是娘的生命，是全家的根基呀！她瞒着娘来到虎头岭，采到了蟹爪蓝却失脚摔下来！可能是天可怜玉芹一家，让玉芹被山崖横生出来的山树挂住，又掉落到离山顶五六丈高的鹰嘴岩上，再向外一步就是万丈深渊！玉芹向下扫一眼，正好一阵山风斜吹过来，玉芹连忙后退一步，又打了一个寒战。

玉芹想，玉芹也不能死哇，娘在等着蟹爪蓝！娘不能死，还有七岁的弟弟要长大！玉芹早研究了这里的地形，正上边能够着的地方是光光的青石，只有冒险从旁边攀爬上去。于是玉芹将蟹爪蓝仔细地装在书包里背到脊背上，然后猛地一跳，像一头豹子似的蹿到那棵凌空横斜的虎口粗的松树上，那松树就剧烈地摇晃起来，仿佛要带着玉芹坠下深山谷的样子。玉芹抱住树干定定神，冷汗早湿透了衣衫。好一会儿，她才贴着石块慢慢地站起来，够着上边的树丛又攀上去，到离山顶还有两丈来远的地方，玉芹正向上够那根荆棘时，脚下的石块突然掉下来，玉芹"哎呀"一声几乎随着掉下来。她左手死死地抓着一根碗口粗的山柳根，身子悬空吊在那里晃悠了好几下，才死命爬上了一棵柏树，脚蹬着裸露的山岩慢慢移上去。

不知攀了多长时间，玉芹很累了。再往上也不过三四米高，山势也缓和了，但没有树丛可以借力。玉芹的手寻找石缝，小心翼翼地抠着石缝，一寸一寸地往上挪动。不一会儿，手指和脚趾都磨出了血，钻心地疼。离山顶也就一两米远。玉芹又饥又渴，全身的力气像棉絮一样被一缕一缕地抽走。她知道自己支持不住了，头晕眼花，面前一次次出现娘的身影，还有爹的面孔、弟弟的面孔。玉芹喃喃道：娘，女儿走了，你可不要光顾伤心，要想法到谷底拿这蟹爪蓝啊，娘千万不能有个好歹，还有七岁的弟弟要长大要上学，他更离不开娘啊，千万不能让他成孤儿啊。

正在这时，山那边不远的地方传来了悠扬的歌声："看道儿要看长远，雨天过来是晴天，翻过这道山尖尖，大道上山花儿艳"，玉芹一下子听出来这是语文老师的声音。她顿时想起了老师上课那洋溢着青春色彩的炯炯目光，那引人入胜的动人讲解，那略带沙哑的磁性声音，顿觉胳膊腿儿又增加了力气。隐隐约约的攀山声已经从山那边急促地来到了山顶。玉芹泪眼蒙眬中，老师已攀缘下来到了玉芹身边，抓住了玉芹的一只手。玉芹的另一只手摸摸脊背上的蟹爪蓝还在，一下子哭出声来。

巾帼英雄宴

红的、黄的、白的、绿的……

红的是牛肉，黄的是虾仁，白的是藕片，绿的是芹菜，还有肉丝、肉片、花生豆，围护着中间长盘子上一条二三斤重的红烧鲤鱼。每个人面前的酒杯，已经斟得满满的。俊英的同学、好友今天聚会，连歌唱家叶佩英也在录音机里助兴："朋友，年轻的朋友……"

"嫂子，快来一起入座吧。哥哥，你把倩倩抱走。"俊英手脚麻利地布置停当，转身来拉嫂子。

呼啦啦站起一片。姑娘们特有的喧闹，几乎把房顶掀掉。哥哥咧开厚嘴唇笑了笑，抱过倩倩走了。

嫂子嗔着俊英："死妮子，把我胳膊都捏疼了。你们快坐，快坐快坐！"那整日忧郁的脸，绽开了笑容。

"来，干杯！吃鱼。"三杯酒下肚，俊英的脸上便飞出两朵桃花。她扑闪着弯弯的长睫毛，兴致勃勃地指着对面那位披肩发的姑娘说："嫂子，我给你介绍，这位叫马小玉，是咱河南大学美术系学生，你要是想跟哥哥一起画张像……"

"死妮子，该撕你的嘴。"

"这位叫郑秀秀,是南京医学院医疗系的。"

"这位叫朱慧梅,是哈尔滨工业大学自动控制专业大学生,咱们未来的科学家……"

"这位是咱们的经理,湖南财经学院的大学生,叫吕胜囡。"

"干脆叫女胜男得了。"

"就是,天上飞的、地里跑的、水下钻的,哪里能离开咱们女的呢?"

一阵子七嘴八舌。那位胖圆脸的吕胜囡,咽下一口菜,又端起酒杯,慢条斯理地说:"就是喝酒吃肉,咱也不见得比男人肚量小。"大家都大笑起来。

嫂子也笑了,可一会儿,脸上又浮出些云彩:"哎,就是,女孩儿,只要考上大学……"

"嫂子,我还没介绍完呢。这位,齐莉莉,咋样? 模样够秀气、文气吧?"她做个鬼脸,"——在高中时,我喊她林黛玉,她还恼呢——可现在心胸宽得很。没考上大学,就种蘑菇、木耳,现在办起了罐头加工厂,每年净利润一二百万元。她可是个独生女,可人家娘跟着人家,不比谁享福?"

嫂子一下子回忆起来:"对,对。我也听过广播。原来就是你,真不简单。"

齐莉莉笑着接口:"嫂子,等倩倩长大了,保险比我们都强。"

"就那咱农村有的人,生个女孩儿,那么聪明,那么齐整的女孩,可还愁眉苦脸,光想着咋就不生个小子呢!"

啪! 俊英的脊梁上挨了一巴掌:"死妮子,就你点子多,我就知道你喊我来,是变着法子整治我……"

"好嫂子,我吃豹子胆也不敢! 叫哥哥知道,还不……"俊英的话没说完,便被嫂子胳肢得笑弯了腰。

不知何时,哥哥抱着倩倩也加入了笑声,那韵律各异的笑声在夜空中荡漾。

梅　香

八月的天气,毒辣辣的日头,你不会相信这上边仅盖着一层石棉瓦的工棚能存住人,但这是梅香等九位姑娘一天干上十多个小时重活的车间。她们打工的这家火碱厂是一位个体老板办的。老板姓齐,腰粗胖得像装满石料的麻包。女工们跟他说伙食差工时长,他嗯嗯啊啊就像耳聋似的;但女工们一边铲料抬料要是一边聊上几句闲话,他马上跳起脚来骂,像要吃人的样子。梅香跟伙伴儿们说过几次了,这个老板心黑,咱们得再想门路。

这天老板又到工棚里来了。工头儿就紧紧地跟着他,好像一个保镖。工头儿是老板的亲戚,对人特别歹毒,因为长长的脸条儿像瓦刀,女工们背后都叫他瓦刀脸。老板把皮包放在架子上,斜着眼睛瞟瞟这个睃睃那个。瓦刀脸就抖着稀稀的几根眉毛露出比哭还难看的笑喊着:“齐厂长来看望大家了!”也没有一个人抬头,也没有一个人吭声。不一会儿,老板就忍受不了工棚里的闷热匆匆地骑上摩托跑掉了。然而姑娘们没有想到,胖麻包这短短几分钟地瞟瞟睃睃弄出了一场事端。

下班时候,姑娘们正要走出工棚,瓦刀脸横眉怒目地挡在前边:“你们谁拿了厂长的磁卡了?交给我,就算了。要不然,面子上就不好看了。”

姑娘们都一愣怔,快嘴的秋香问道:"啥磁卡呀?"

瓦刀脸阴着脸打量秋香,秋香便怯怯地低下头。瓦刀脸又看秋香,梅香的目光硬硬地迎向他。女工们的目光都渐渐地硬了起来。

瓦刀脸悻悻地说:"打电话用的磁卡,IC 卡,一百元的一张,才用了没几次,上边最少还有八九十元。齐厂长来时,随手放在黑皮包的上边,怎么会没有了? 肯定是你们中间有人拿了!"

秋香说:"我们没有拿。"

瓦刀脸说:"就算你没拿,你又怎么知道她们没拿。要不搜搜看。"

秋香说:"搜搜就搜搜,我们又没拿,还怕你搜?"

瓦刀脸说:"说实话,不搜我还真不放心。你们准备好,挨个来吧。"

好几个女工看梅香。梅香在最前边,瓦刀脸还朝她招招手。梅香说:"有没有公检法的搜查证? 没有搜查证搜身可是要犯法的!"

瓦刀脸一下子愣住了,转过身给老板打手机。打过手机狰狞着脸回来说:"你们还真反了! 就依你,不搜。不搜咱就抓阄,谁抓住就是谁。"

梅香冷冷地看着他说:"荒唐! 要抓阄你自己抓。"

小青说:"我们不抓阄,要抓你自己抓。"

女工们叽叽喳喳地说:"抓阄算啥理呀。"

老板不知道啥时候回来了。他尖着喉咙喊:"不让搜身就抓阄,就是这个理。你们要不论理,我手下有的是愣头青伙计,打架骂架咱对着来。要论理就抓阄,老天爷有眼,谁抓住'偷'字就是谁偷了。咱不打不骂,扣半个月工资表示处罚。这够宽大了吧。"

瓦刀脸把做好的阄放在他油腻腻的帽子里,把帽放在砖堆上,气势汹汹地喊道:"上次就是用这个法抓住了贼,极灵!"瓦刀脸的身后站出个大汉,一脸横肉涌着血丝,凸眼珠瞪得红红的。

梅香说:"咱不抓阄,咱得有主心骨。"

秋香身子发抖,说:"梅香姐,胳膊拧不过大腿呀。"她犹犹豫豫地朝帽子走去。

小青说:"打死我也不抓阄。"可是她不由自主地跟着秋香朝帽子走去。姑娘们一个一个流着泪、胆战心惊地朝帽子走去。

梅香定定地站在那里,扭过头来望着天上的云彩。瓦刀脸吼道:"你不抓就跑了? 我给你展开……哎! 就是你,怪不得你不抓!"

梅香盯着老板,眼里要喷出火来:"变着法子整人,心太黑了,要得报应的。"

吃晚饭的时候,不见了梅香,小青和秋香领着姑娘们出厂门找。邻近的村民听说了,也帮着找。火碱厂的后边就是胭脂河。村民说,去年就有个火碱厂打工的姑娘被逼得跳河死了。河滩上有新踩上去的深浅不一的脚印,那脚印一直延续到湍急的河水边。秋香哽咽着说:"梅香姐投河了!"姑娘们都哭了。

没过几天,厂里来了一辆轿车,下来好几个戴大盖帽的人,"请"走了老板和瓦刀脸。后来人们才知道,梅香没有投河,而是泅水过河去了县城里,向公安局报了案。公安局调查中还牵带出老板以前害死人的问题。老板和瓦刀脸都判了刑。梅香也没有再回来。人们说,梅香在县城找到新的工作了。

巧 姐 进 城

巧姐进城，看见啥都是新奇的。城里没有山村的青石板小径，没有淙淙的小溪，没有满眼的映山红，但是有宽阔的街道和流水般的人，有看过去头晕的高楼，有屁股后冒烟窜来窜去的小汽车。

巧姐是来做保姆的。她被领到雇主家，瞪大了眼睛还觉得眼花缭乱。十七岁的她是第一次出远门，进城以前还没有见过沙发、茶几、洗衣机、液化气灶、彩电……还有，锃光明亮的打蜡木地板，让她几乎不敢迈步。

她是来挣钱的。她知道，娘的病，弟弟的上学，还有自己要是定了人家，那嫁妆，都靠自己现在的这双手。不会的，拼了命也要学！再说，自己好赖也是上过初中的。每做一件事，她都要细细地问，问得女主人蹙起眉，男主人也有些不耐烦。但她是害怕做事做错了呀，更怕毁坏了主人的东西。

越是怕，越是出错。头一天打开液化气灶炒菜忘了开抽油烟机，第二天洗衣服开甩干机又忘了关排水管，第三天拖地又碰碎了沙发后的一个花瓶……头两次，女主人冷眼看看她没吭。第三次，女主人便言语尖刻地训起来。男主人对女主人道，谁没有个学步过程？又笑着说，还巧姐哩，简直成笨妞了。巧姐眼里含着泪，也没吃晚饭，夜里也睡不着，爬起来读那几个家用电器的说明书。

那天有一个雇主的朋友来，带来了一个六角形的花篮，花篮外边有天女散花图案的剪纸。吃过中午饭，巧姐一收拾，那剪纸被一下子扯烂了。女主人惊讶地喊出了声，男主人也一下子变了脸色。这次巧姐没惊慌。她起身到街上买了一张红纸，拿起剪刀来，唰唰没几下，剪了一个天女散花图，替换下花篮上的那个。雇主夫妇眼睁睁地看着，好一会儿，男主人才惊喜地问："你会剪纸?"又拿过巧姐的剪纸和原来那个比较着，说："你比他们的技术高得多。"巧姐六岁就会剪纸，她的剪纸在山村里没人能比。但她只是笑着没说话。

原来男主人是一家工艺品公司的经理，刚刚跟国外一家公司谈妥剪纸出口的合同，正忙着到处收集剪纸样品呢。于是巧姐成了工艺品加工厂的技工。在这里，她真正是"巧姐"，她的剪纸层次分明，立体感强，造型饱满，风景变幻多姿，动物与人物栩栩如生，不仅在国外抢手赚钱，在国内也打出了名气。巧姐每天的工作时间比做保姆的时间还长，也更紧张和忙碌，但心情好得多，这不仅因为工资比做保姆时涨了一倍，更主要的是找回了在山村教姐妹们剪纸时的自豪感，她经常一边干一边哼着小曲。

她在工艺品加工厂干了一年多的时候，公司给她过十八岁的生日，公司里的职工全都参加了。这时候的巧姐，不管梳妆打扮还是言谈举止都很像城里人了，她很得体地吹生日蜡烛，招呼人们入席。酒宴之后经理说："今后每个月给你增加五百元工资。"巧姐说："谢谢你让我发现了自身价值，我会永远记住你。不过工资就不必加了，我已经决定辞职。"经理惊讶地问："你要去别的工艺公司干?"巧姐说："我和人合伙开公司。"在众人注视之下，巧姐很自然地走出了酒店门，她觉得比进城时的脚步扎实得多、轻快得多了。

说顺口溜的小玉

小玉打小就爱说顺口溜。上小学时,她最爱说的就是:"想吃桃,桃有毛;想吃杏,杏太酸,想吃花红面淡淡!"到农历八月十五,小玉会哼:"八月十五云遮月,正月十六雪打灯!"到农历九月九,小玉会哼:"九月九不下等十三,十三不下一冬干!"到农历腊月,小玉又会哼:"腊月里来雪花飘,家家炕头做棉袄。"一年四季都有小玉哼的小曲。

小玉模样长得挺秀气,可手头活儿不灵气。小学三年级时,老师领着上手工课,男孩子折飞机,女孩子缝沙包。大部分女孩子都是半节课就缝好了,有的还缝了好看的花边。可小玉一直到下课才缝了一个歪歪斜斜的沙包。老师说:"像一个碉堡。"引得好多同学笑了。下课时,男同学拿着自己折的飞机说:"炸碉堡!炸碉堡!"小玉就举着自己缝的沙包,拍着喊:"大碉堡,大碉堡,里边藏着高射炮,打得飞机冒黑烟,连人带机往下掉!"小玉出口成章,那些男同学知道斗不过她,就喊着笑着跑了。

小玉家里穷,娘体弱,爹常年哮喘病,到她上高中时已经下不了地。一个娶不到媳妇的哥哥干着地里的活儿,偏到她上高三时又出了车祸,残了一条腿。小玉分着心,高考连大专线也没上。有同学去喊她复读,她不想说家里的事,只说不想去。同学说:"在家里干活儿有什么前途?"小玉听着心酸,脸上却有些恼,就说:"好大学,没指望,赖大专,磨时光,白贴三年功夫钱,工作难找班儿难上!"那些同学就挺不高兴地走了。

　　小玉就到一家私营企业打工,一天干十二个小时,累得下班连洗脚的力气都没有,甚至有时穿着鞋倒在铺板上就睡着了。到一个半月了,还不见工资。小玉就上下跑着打听。有的女工说:"俺都干七八个月了,还不见一分钱。"小玉就找厂长说理,后来又跑县里找到管这事的局里,说了上班超工时又不发工资的情况,说:"光上班,不给钱,老板是蛇蝎心肠!"局里就派人进行调查,调查来调查去竟不了了之。小玉说:"吃人家的嘴软,拿人家的手短,贪人家的心黑,咱指望不着的就别指望了。"她就背起行李回家,对送她的伙伴们说:"辛辛苦苦一月半,挣钱留给王八蛋,沾光的拿钱买药罐,吃药吃到阎王殿!"大家虽说苦闷,听了这话还是都笑了。

　　县团委和县扶贫办请了老师办编织培训班,小玉就报名入班学习。那个老师确实了得,几根细细的塑料绳,在她手里上下翻飞,不仅可编出大大小小的网兜手提袋,而且可随意点缀上花草动物飞禽,一个个鲜活可爱,栩栩如生。小玉马上喜欢上了,起早贪黑地学,十分用心。但是不管怎样勤学苦练,就是手不快编不多。普通的买菜网兜,小玉一天能编三个,可许多人都能编四五个,最快的能编七个。再就是小玉编的花样尤其不如人家。小玉就恼,逮住自己的手就咬了一口,看着上边流血的牙印子说:"心灵口快偏笨手,姑娘为你发了愁!"

　　几期学习班过后,这一带农村许多人都搞起了编织。小玉考虑到自己的情况,就没有去购进塑料绳。她又出去跑了二十多天。回到家里,哥黑着脸,娘淌着泪,爹叹着气,家里连买酱油的钱都没有了。小玉说:"桃三杏四梨五年,要吃小枣在眼前!"哥瓮声瓮气地说:"别说能话了!"小玉说:"山重水复疑无路,柳暗

全民微阅读系列

花明又一村!"爹说:"找到工作了?"小玉说:"不靠天,不靠地,咱就依靠咱自己。拔穷根,戴富帽,给哥找个好嫂嫂。"娘说:"别说大话叫人家笑话。"小玉拔腿又出了门。

　　原来那家她干过的私营企业里有一个姓李的女技术科长,很服她的口才和闯劲儿,受她的感染也辞了职。小玉就和她商量办个物资经销公司,专门经销编织网袋。首先在工商局税务局办证。工商局负责办证的那人开始刁难了一阵。小玉就给他送去了一只山鸡说:"礼薄别嫌俺小气,大方收礼别客气,按章办事别牛气,因小失大要晦气!"要别人来,那人抓住山鸡就给她扔出去了,办这样大的事,那只山鸡才值几个钱!但听了这话,他顿时意识到这姑娘就是到处说顺口溜的小玉,惊出了一身汗,连忙把手续办了。小玉她们俩买下一些样品带着到沿海城市里考察,跟一家进出口公司签订了供销合同。那家进出口公司派人来考察后,给"小玉物资经销公司"账户上打来了三万元人民币定金。于是县电视台里开始播出"小玉物资经销公司"的广告,一个农家女孩在堆积如山的网袋背景下亲切地说着小玉撰写的广告词:"买网袋儿,找小玉!质优价高两合算,发家致富靠自己!"

　　小玉忙忙碌碌的身影后,爹、娘,还有哥哥,都开始露出了笑容。

想当画家的秀姑

秀姑自小喜欢画画。那年新来的美术老师在黑板上画房子，秀姑却在美术本上画起了美术老师讲课的模样，美术老师一眼扫到还恼，可拿起本子一看就愣了，秀姑把他画得贼像！后来他到秀姑家，虽然家徒四壁，但白灰墙上满是画，都是柴碳抹的，有山有水有羊群，还真是栩栩如生，远远超过他本人的水平。

秀姑家在老龙盘村，那里山水风景美。那年一个大画家来写生，在老龙盘住了一个多月，很喜欢秀姑的画，送给秀姑画画的书，还辅导秀姑画画。他走时带走了秀姑画的几张画，其中的"老龙盘小学"在全国少年美术大赛中得了一等奖。大画家还争取了免交学杂费的优惠指标，推荐秀姑上美院附中的美术班。秀姑兴奋地对爹娘说："我要好好上学，我要当画家。"

可秀姑的爹娘不同意。秀姑姊弟四个，秀姑是老大，让秀姑上到小学毕业，已经是破例了。爹娘还等着秀姑干活帮衬父母养兄弟姊妹呢。秀姑不仅没有走出山村，反而辍了学。秀姑哭了一场，从此像车辘辘一样忙碌起来，挑水、砍柴、耕耘、收割……就这样一年又一年。秀姑很想抽空画几笔画，但每天实在是累，一有空闲上眼睛就睡着了……秀姑想，嫁了人就有了自己的家，总可以自己练画，朝着当画家的路子快奔呀！

秀姑就嫁了人，都说是好人家，丈夫是生产队长，很忙。秀姑还要干自留地，还要干家务，种菜、做饭、沤肥、喂猪、养鸡鸭，没有空闲的时候。有一天,秀姑看见门外几只鸟儿在鹅黄嫩绿的春柳丛里跳上跳下,就想起小时候老师教的诗"两个黄鹂鸣翠柳",去找了画笔画起来,刚勾好线条,丈夫回来了,一看灶火是冷的,勃然大怒,一把将秀姑的画撕了个粉碎,骂道:"你是队长的老婆,不是城里的学生,全生产队的人都在看着我,你不操劳好家务,画什么鸟画!"秀姑哭了一场,她想队长不会当一辈子,只好等着丈夫从队长位子上下来的那一天。

一直到分责任田的时候,丈夫才免去了队长职务。这时秀姑已经三十多岁了。她先后有了三个孩子。大孩子要上学,小孩子要喂奶,丈夫又不会操持责任田。秀姑又是个好强人,责任田不愿种差了,又恐怕孩子站不到人前。田里施肥除草,家里洗洗涮涮,还要辅导孩子做作业题,根本拿不起画笔。她只盼着孩子快长大,给她腾出画画的时间来。

不知不觉十几年过去了。孩子争气,两个考上了城里的师专,一个农业技校毕业回家种田。秀姑又考虑画画的事。正在这时,丈夫又突然得了脑出血,经抢救虽然保住了命,却瘫痪在床,大小便失禁。秀姑心地善良,端屎端尿、喂饭喂药、看护输液、洗晒被褥,忙得没个白天黑儿,哪里还有画画的空闲,没几年头发都白了。秀姑心里还是想当画家,只盼着丈夫痊愈,能让自己有空儿练画。

不知不觉又是十几年过去了,丈夫去世了,三个孩子都成家有了孩子。秀姑操持了四场红白事,脸上皱纹成网。六十岁的秀姑决心重操画笔。正好那年有中老年书画大赛,秀姑送去一幅"拓荒牛"引起了轰动。秀姑就想再专心练画,她心里抹不去当画家的情结。可是儿子和媳妇们寻上门来了,要秀姑给他们看孩子。秀姑实在不想再陷到家务里了。可孙子孙女也都来了,一句句"奶奶"喊得秀姑揪心。秀姑就只好先看护孙子,看罢这家的看那家的。她看护孙子很尽责,尽责尽得自己没一点时间。她只盼着孙子孙女快长大,让自己腾出时间练画。

一晃又是十多年过去。孙子孙女都上学了。七十多岁的秀姑长叹一声,到商店买了好多宣纸画笔颜料。她要当画家,她要开始大干了,可自觉身体状况大不如前,到医院一检查,肝癌晚期!

秀姑去世时,儿子儿媳和孙子孙女都守在身边,病房里满满的。大家都说秀姑命好,可以放心地走了。大儿子趴在秀姑耳边问:"妈,你还有啥事情要交代?"秀姑吃力地睁开眼睛,声如游丝道:"我想当画家……"她一直到断气也没合上眼睛。

小 草 姑 娘

小草是个普通的名字。我说的是画舫路西头化工厂老车工梁德海的女儿小草,细腰丰臀高高挑挑的,是个模样很俊的女孩。

那年小草技校毕业后一时还没有工作。一个老家的老亲戚就找上了门。他天花乱坠地说将小草介绍到南方一家大公司上班赚大钱。小草一到才知道是一个当地黑社会开办的舞厅。那狼心狗肺的亲戚早已跑得不知去向。小草宁死也不干,那舞厅的老板和打手就轮奸了她。后来小草被迫接客。等到离开时,她不知道在那暗无天日的地方里过了多长时间,也不知道受过多少衣冠禽兽的蹂躏。在一个伸手不见五指的雨夜里,小草跳窗逃出来报了警。

　　回到家里好长一段时间，小草都精神恍惚，经常丢东忘西。病床上的娘就托人给她说婆家。小草开始也想嫁了人胡乱过一辈子。但是一看介绍的对象不是残疾就是中年离婚或丧妻，有拖儿带女的甚至还有老年卧床的，就悲哀地摇着头再也不说话。

　　后来黄河曲轴厂招工，梁德海就给小草报了名。小草的考试成绩在录用的工人中间是上等，但就因为曾当过妓女，厂人劳科就有了好一阵子辩论，厂长也是犹豫好久，才同意小草进厂。

　　小草住在6号女宿舍里。同屋的七个女工整天喊喊喳喳，就是跟她没有话，往往是正嘻嘻哈哈打闹时，她一进门就戛然而止。她一出门，人们就对着她指指戳戳。别的宿舍的人还趁她不在专门来打听她的那一段历史。有一段时间小草就不想在这儿上班，但是家里的日子也不好过，后来她就搬到洗衣工王大妈的房间住。王大妈很邋遢，小草收拾得好好的房间不一会儿就又乱得一塌糊涂。但是小草却感到了从未有过的一种温馨。

　　车间的女工们有说不完的快乐事，又是新款衣服，又是新发型，又是新歌曲，又是男朋友。她们不和小草来往，小草也知趣不跟她们掺和。小草的脸色本来就黄黄的，又总是严严实实罩着忧郁的灰云。她总是穿着母亲穿过又改缝了的旧衣裤，紧抿着嘴唇，低了头匆匆地打饭，低了头匆匆地上班。

　　小草在的机工二车间主要任务是车小曲轴。小草一门心思就在车床和曲轴上。上班往三爪上上活儿、卸活儿，拿着游标卡尺量活儿，进刀退刀，她都无比投入。八小时之内和八小时之外，一有空闲，小草就磨车刀。在火星飞溅的砂轮旁，小草磨刀磨得汗津津的，汗水把头发绺儿也黏在额头上。只有在这时，小草的脸上才显出青春的红润。

当年年底，厂里开大会，厂长表扬了二车间。青工居多的二车间，小曲轴产量升上去了，废品率降下来了。二车间主任得到了奖金和优秀车间主任的荣誉。

年轻的厂生产科长姓张，是厂里引来的大学生。他下来搞调查研究。发现二车间成品率最好的是三号车，而三号车手是小草。小草当年的废品率不到百分之一（二车间平均数是百分之四）。在设备比较陈旧的曲轴厂，这是历史的最好纪录了。而且，小草出的活儿数量是全车间平均水平的两倍半。全厂没人能比得上。到年底推荐市劳模，张科长就推荐小草，没想到引起了人们的一致反对，连厂长也笑着连连摇头。这个说，咱厂再没人也不能推荐一只"鸡"去当劳模呀。那个说，张科长是不是想去干那种事想疯了。已经被人淡忘了的小草再次成了全厂的议论中心。人们指指戳戳好不热闹，甚至编起了张科长和小草的"故事"。那一段时间不要说小草，就是张科长也铁青着脸没了笑容。那年的市劳模仍然是厂长。

又是一年。年底厂生产科又进行摸底统计，小草全年车 FGS－4 小曲轴 324 个，优质品率已达到百分之九十九。而全厂第二名的七级车工刘大海车了 180 个，优质品率达到百分之八十六。小草一人干了两个半人的活儿。张科长就在科里说，今年一定要推荐小草当市劳模。那天已经很晚，他出了厂办公楼的门刚折到楼后边的小路，听到低低的一声"张科长"，他吃了一惊，隔着办公楼大玻璃窗透出的灯光，他发现是小草。在他印象里，这是小草第一次说话。还没容他认真去想，小草扑通一声跪下了："千万不要推荐我当劳模，我啥也不想当，只想平平淡淡地活。求求您了，张科长！"

张科长去拉小草，小草不起来。张科长就说："这不是你个人的事。放着出类拔萃的先进典型不表彰,反而冷嘲热讽,横加打击,这是企业的耻辱!是全厂六百名干部职工的耻辱!"

小草仍不起来。张科长说:"既然有这个机会,我不妨说说我个人的事。你可能听说过,我的女朋友跟我分手了,为我推荐你的事。我不后悔!她离开后我没有再找。我想就是你了!我在等着你!只要你愿意!小草,永远忘掉过去吧,你没有责任!你是清白的,永远是清白的!"

小草站起来,望着张科长渐渐远去的背影,心情复杂地哭了。

小 芬 小 店

一幢小小的木板房,坐落在山村的村口。青山断壁上垂挂的青藤从屋后伸出盘型的叶子。枝繁叶茂的棠梨树一把大伞似的从前院把木板房顶遮得严严实实。这就是山村的小芬小店。

这里原是小芬父亲的小店。娘去世后,爹就领着她在这儿住,小店是父女俩的衣食"父母",是小芬初中学习的依赖,也是村民们不可缺少的一爿天地。小芬初中毕业的那一天,爹进货时跌下了深渊。小芬柔嫩的肩膀就支撑起了这爿小店,村民们就叫作小芬小店,一晃已经三四年了。

小店虽小货色俱全。从油盐酱醋到针头线脑,井然有序地摆放货架。乡亲们来买东西,也有拿钱的,但更多的是拿的鸡蛋、山鸡、野兔、野山菇……小芬走在陡峭的青石小道上,肩上的担子吱呀吱呀总是满满的东西……

一般是十多天进一次货，要有急事那就急办。九伯的小儿子明天"见面儿"，女方要求的"见面礼"是小店里没有的鸭绒衣，小芬就把小店丢给九伯，顺着小道跑下来，中午又大汗淋漓地爬上来，把鸭绒衣放在九伯手上。

七嫂蹒跚学步的胖儿子蓬蓬拿着十块钱来了。小芬把一把棒棒糖装在蓬蓬的小兜兜里，抱起他就到七嫂家，把十块钱往桌上一搁："七嫂，蓬蓬还不懂事呢。放好你的钱，慢慢地教他。您要是打骂俺侄子，我可不愿意。"

小店又是山村男女青年的聚会地。晚上，伴着山风吹着树叶沙沙的响声，还有不远处马尾瀑哗啦啦的歌唱，小店前不时腾起阵阵欢声笑语。夜深了，最后留下的还是二碰。曾是初中同学的二碰说："小芬，我表哥在深圳开公司呢，叫我去帮他呢。再说呢，咱也不能一辈子光守在这里呀，咱还年轻，得想法去创一番事业吧。咱俩走吧。"

小芬的双眼在月光下闪着惊奇的光。她知道二碰的心，想了半晌，还是说："你看不起小店，看不起山村，你就走吧。"二碰说："小芬！"音还没落下，小芬已进去闩上了小店的门。

二碰瞅机会就慢慢地跟小芬讲道理。小芬叹了一口气："我还是舍不得小店，舍不得山村。"

二碰还是走了。好多天里，小芬都是心事不宁，泪眼蒙眬。但一站到人前头，她还是有说有笑的。以后每次下山进货，小芬都会接到来自深圳的印着好看画儿的信封，里边总是厚厚实实的。

又是一年过去了，那信慢慢就稀少了。

也有人给小芬说媒，小芬说："晚晚再说吧。"有人背后说小芬："还惦着二碰呢。"

后来村里要修小学，让村民捐款，小芬就捐了五百元。五百元在山村里可不是小数字。村民们交口称赞，也替她担心："小芬也不小了，办嫁妆还够不？"可是一公布捐款名单，小芬愣了，二碰的捐款是一万元！

小芬一夜没睡好，第二天她照常下山进货，又收到了二碰的信。这次的信封里很薄很薄。小芬等不到回家了。她找个没人的地方把信拆开，里边只有一张纸，下边画着几幢高楼，高楼下边写着"深圳"二字，高楼上是一个横跨信纸的大凳子，凳子上是两颗并列的心。小芬泪流下来：二碰在深圳等着她！

映山红漫山开放的季节，二碰专程来了。小芬把小店转给七嫂，和二碰下了山。小店前站满了山村的人，他们在向小芬和二碰招手，小芬含着泪，几乎是一步一回头地下了山。

艳　丽

这一批技校毕业生里，艳丽是最拔尖儿的一个。

要说身材，说脸蛋儿，说得体的打扮，说走路风摆杨柳般的俏丽，和艳丽不相上下的也有好几个。但艳丽有一种别人都比不上的气质，好像漫天雪地里的一枝红梅，是叫人一见就眼前一亮的。所以艳丽一进厂，就成了全厂瞩目的中心。再说，艳丽不是光有样儿。在五一节联欢晚会上，她的一曲"一条大河波浪翻"倾倒了无数的干部职工；她在全厂乒乓球大赛上挥动球拍的秀美身影，也在许多人心里久驻。

厂里的女性,乒乓球和她能一争高低的,只有和她一起进厂的技校生淑英和丁红。她们两个也是美人胚子。平常三个人走在大街上,总是频频赢得"回头率"。

窈窕淑女,君子好逑,追求她们的人自然不少,托人说媒的,明献殷勤的,暗送秋波的,几乎是接踵而来。可是艳丽她们三个人都没看在眼里,三人齐往地上吐一口唾沫道:"呸,我们才看不上!"

一起进厂的技校生,姑娘们定下心上人的不少,当然大部分是本厂的工人技术员之类,个别的也有找到机关干部的。看着他们卿卿我我,出双入对,艳丽她们三个人不屑地往地上吐一口唾沫:"呸,臭显摆!"

后来淑英也找男朋友了,是总经理的儿子。小伙子总是骑着一辆价值十多万元的日本原装摩托车,"呜呜呜",耀武扬威地蹿来蹿去。其实小伙子最先追求的是艳丽,一次次写情书。艳丽从来没有拆过封,来一封退一封。艳丽知道淑英原先也看不惯这个小伙子,但是总经理家有钱有势……拿着淑英的红请帖,艳丽犹豫了好久,还是去了,但没散席就回了家,狠狠地往地上吐一口唾沫:"呸!"

丁红也找好男朋友了,是五十多岁的总经理!艳丽听到消息愣了好久,心里有一种说不出的难受滋味。原先总经理也给艳丽塞过一个百万元的存折,艳丽想也没想就退还了他。现在,艳丽把丁红的结婚请帖扔在地上,吐一口唾沫道:"哼!"

企业的合作伙伴吴总又来了,吴总也是五十多岁的人了。艳丽在企业接待办工作,负责接待,当然多次和他接触过。艳丽看出了吴总正常交往之外的"意思",但艳丽可是心中有数,想:我可不会学丁红她们,为了几个臭钱!那天,吴总请她们到他在开发区的别墅里去做客,艳丽本来不想去,可是企业接待办的人都去,她也就去了。

别墅果然豪华,屋外草坪鲜花,还有热带风光的椰子树,三层小楼建筑面积六百多平方,里边的装修,超过厂里开展销会时艳丽她们一起去过的省城五星级宾馆,处处富丽堂皇又新颖别致,光里边的卫生间就有七个,每一个都有一种独特的设计。据说,这个别墅三千多万元呢。一起去的姐妹们都说:"大概总统也就住这样子。"

大家起身回去的时候,吴总叫艳丽留下几分钟。吴总说:"我正式向你求婚,我已经独身四年了。"艳丽灰了脸。吴总打开保险箱,抓出两沓伟人头。艳丽扫了一眼,起身就走。吴总说:"你站住,再看一眼。"艳丽一回头,看见满满一箱红红的钞票,心里就想:这是多少呢? 吴总就说:"我绝不是炫耀财富。我是真心喜欢你的。这一箱是给你的见面礼,当然,还有这套别墅,我可以马上给你办过户手续。"

艳丽一下子呆住了,又站立不稳,脚步踉踉跄跄,好像面对山洪暴发惊慌失措的样子,任凭汹涌澎湃的浪涛把她卷走。她一下子倒在了吴总的身上。吴总揽住她,听见她梦呓样的声音:"……唉唉……呸……"

月　兰

　　月兰是早产儿，生下来的时候才五斤二两，谁也想不到她长大后这么壮。

　　月兰的力气两三岁时就显示出来。她妈带着她上地拔萝卜，她赤着脚跑得很欢。妈妈追赶她，她跑到车边，把妈拾的一篮子萝卜一下子举到架子车上，那可足有十来斤！

　　月兰上学，成绩总不好不坏，可她自上学之日起就一直是班长，她能管得住。那次村支书的儿子小猛上课用纸棒戳前边女生的头发，月兰上去制止。小猛瞪眼一犯犟，月兰抬手就是一巴掌。月兰的巴掌厚厚的沉沉的，特别有劲儿，这一巴掌打得小猛半年都记得住。

　　月兰上到初中时，已高出同学一截，黑黑的胖胖的，上下一般粗，像一节铁塔。小猛和村主任的儿子大强趁假期去少林学武术，回来舞枪弄棒很是威风。许多同学都前呼后拥围了看。月兰不看。有人给月兰学，月兰笑笑说："德行！"小猛听说了就气不过，商量要给月兰难堪。那天午饭后月兰和几个同学一起上学，刚走到大沙滩，小猛和大强就从沙坑里跳出来，大喊一声："练武，不准通过！"同学们就都扭了脸看月兰。月兰也不吭声，把黑油油的粗辫子往身后一甩，挺了胸膛只管走路。大强和小猛就一前一后包抄上来。大强拿根木棍挡住月兰，月兰一伸胳膊就夺过来给扔了。小猛就趁势搂住月兰的腰，想把月兰摔个仰八叉！月兰弯下身子猛地一旋,小猛就擦着大强的头飞了出去,落在两三米外的沙地上。大强不知怎么回事也摔倒在地上,胳膊脱了臼,哎哟哟地叫唤。几位女同学看得眼都呆了。月兰却绷了脸对她们说:"今天的事谁也不准说出去。"小猛和大强后来走路都不敢从月兰家门前过。

月兰上到高三,身高就到一米八,体重一百七十斤。她体育好,是校女篮队长,三大步上篮没人敢挡,还敢顶男队员上场参加男篮比赛。铅球、铁饼、标枪,她都是永远的冠军,大大小小得了十几个奖状。体育老师曾说要想法保送她上体育学院,但这个体育老师后来和校长闹矛盾调走了。小猛说:"这下你完了。"月兰说:"没有过不去的路。"月兰功课不太争气,从来就没上过前二十名。娘骂她,她说:"上前二十名又怎么样?上前十名又怎么样?俺那学校考大学一年就考不上几个!"

月兰高考落榜回到家,娘成天唉声叹气。月兰就说娘:"你心烦不心烦?"娘说:"以后咋办呢?"月兰说:"啥咋办?我一身力气怕啥?"娘说:"现在男人都是看女的长得俊不俊,你的婚事我愁啊!"月兰嘻嘻地笑了:"早着呢。"

月兰到城里打工,那里活重工资低,她就跳了两次槽。后来听说市电业公司要挑选男女篮球队员,月兰急忙地跑了去,很快就成了女队的主力。小猛早由他爹托人介绍到这里,已经成了保卫科的科长,高高大大,越显得帅了,但就是捣蛋劲儿不改,特别爱打麻将赌钱,输得外债累累没法还。月兰劝说了他几次,劝说后还是好一点。但小猛的麻将友不知怎么听说了他初中时被月兰摔翻的事,每逢小猛一说不去赌就拿那事羞他,还编瞎话说女汉子月兰讲过,小猛敢不听话就立马把他扔到马路上。小猛信了,还真生了月兰的气。一次省会一家大企业女篮来访问比赛,赛前他把月兰的运动鞋藏起来。月兰脚大,穿不上别人的鞋,只好穿皮鞋上场。月兰发挥不好,电业女篮上半场输二十多分。此事把总经理都惊动了,立即派人找来小猛,勒令交出运动鞋,宣布撤销科长职务,关在保卫科里写检讨,视认错态度再决定是否开除出厂。没想到穿上了运动鞋的月兰来找,说处分太重,说小猛这个人本质还是很好的,他能改正的,要求总经理收回成命。总经理大感意外,他在市电业公司向来一言九鼎,岂能朝令夕改?但月兰就是低着头不走。那边篮球场等着比赛,人山人海般的群众已经在呼喊月兰,这边教练百般劝说也是枉然。总经理要发火,可转念一想,这个面子不给今天的比赛就没法下台,何况月兰是这里女篮的头号主力,是电业球队的脸面,许多单位包括来赛的这个省会大厂都想挖走她,于是说:"保留保卫科长职务,罚他今天来赛场为女篮比赛服务。"没想到小猛听说是月兰说情,还赌气说宁愿开除也不过来服务。月兰就咚咚地大步赶往保卫科,一捋胳膊,小猛就兔子一般蹿出来……

　　一年后月兰跟小猛结了婚,结了婚的小猛别说赌钱,连麻将都戒了。电业公司搞精神文明建设,他们俩还被评为"模范夫妻"。

小　丫

　　"小丫姐!"随着喊声,一个梳独辫的胖姑娘一头扎进屋。

　　"死妮子,吓我一激灵。"正在鼓捣"奶牛自动挤奶器"的赵小丫停住手,转身倒上一杯茶,往胖姑娘面前一推。

"还……喝茶哩！你家老院那儿,吴冬扛着锄,红了眼骂,要自家扎灰脚哩！"

赵家老院跟吴冬家相邻,两座堂屋西山墙东山墙相对,间隔六七尺远,正中一棵柳树。赵家说树东半尺为界,吴家说树西半尺为界,闹了十多年没下成灰脚界线。

小丫妈一听就骂:"王八羔子,瞅今天咱家人上城拉机井架,逞强蹦跶……"

小丫呼一声站起来:"妈,你看好门。我去！他小子太欺负人！"

妈疼惜她:"你刚高中毕业回来,又是个闺女家,咋出头露面?"

可小丫已拉着胖姑娘,一阵风卷出去。

柳树下,吴冬正伸胳膊晃腿地骂,没想到拨开人群走来的是赵小丫。

"是表演迪斯科吧?"赵小丫本是赵村挑尖儿俊俏的姑娘,她那耐看的丹凤眼眯成一条缝儿,接着又含笑张开,瞄住吴冬。

二十多岁的吴冬便觉有些心慌。南风习习,掠着赵小丫的披肩秀发,红扑扑的瓜子脸更显得妩媚撩人,那带着微笑的黑眼珠光闪闪的。

小丫向前迈一步,吴冬就向后退一步。吴冬说:"你,你要咋哩?"

笑纹在小丫两腮的小酒窝里旋转,小丫倏地一伸手,那锄头便到了她手中。

小丫的妈到底悬心,在屋里转两个空圈儿,还是出门赶来。大老远就听见小丫细细高高的声音:"我一锄头扎下就是界儿。成年争这半尺边界,真出息到顶了！"她没到跟前,小丫已凯旋,雄赳赳气昂昂的。

傍晚爹回来,听娘说了这事,就喊:"小丫来,把今天事再说说——咱不能饶了他!"赵小丫自信的声音足足的:"同您商量?一封信打闷他们——我正给吴冬写信呢"。

爹妈齐问:"写啥信呀?"

小丫拿出来,密密麻麻三四张信纸呢。大家齐刷刷地围上,哥哥就伸手接过去读。前两张净是估算的时间账:十多年来的吵架打骂,吵骂后找干部评理,找村邻宣传倾诉,自家合议商量,上乡里县里告状,算到一块儿,五百多个小时,按八小时工作制,就是几个月的时间!信后边还写着:"这耽搁多少劳动多少金钱?思想精神的损失又该如何计算?这样僵持到啥时候是个完?俗话说远亲不如近邻,邻里相处日久天长,区区半尺地方,让出又有何妨?……"

爹听完,想了一想道:"那,人家吴家会说,您赵家咋不算算时间账?您让出半尺又有何妨?"

小丫咯咯笑出声:"还用他吴家问?咱自己早该算算账了!"大家便都不吭气儿,很静,只有日光灯镇流器嗡嗡响着。后来吴冬爹来找小丫爹:"小丫这次扎的灰脚别算数,还按原来你们主张的算界儿吧。"小丫爹愣怔一会儿才悟过来,原来小丫扎的灰脚是树西边,净让自家吃亏,但现在竟也不恼了,说:"小丫既扎过,就那样定吧。"

这次争议没结果,但两家人碰头磕面竟比一般邻居还要亲近。

按 摩 女 郎

小金大学毕业后,分到家乡江南县吴狄乡政府的矿产办公室当干事,大家都说他干工作是把好手。

那一次县矿产委员会钱主任来检查工作,乡矿产办康强主任和小金陪同酒宴。酒足饭饱后,康主任就领他们往"娇媚之乡"按摩。小金是第一次到那种地方,只见按摩间互相封闭,仅一点微弱的红光,好一会儿才模模糊糊里看见里边的软床。康主任把钱主任和他的司机各安排在一个雅间,然后又开了两间房,说我们也玩一会儿。小金看看面前妖冶的女郎,脸都红了,像逃跑一样回去了。

没多久康主任出差了,干事大李和小金陪客人酒宴。饭后大李就领着到"娇媚之乡"。小金勉强让客人把自己送到门口,坚持要自己回家。大李拽也拽不进,就悻悻地说,你这样低调,将来肯定当大官!

换届的时候到了,康主任等人忙起来了。小金觉得自己表现突出,稳坐钓鱼船。一换届果然大提拔,康主任提拔成了县矿产委副主任。矿产办三个干事提拔了二个:大李成了副乡长,小孙成了乡党办主任,就连原来的通讯员也提拔成乡矿产办主任,只有小金仍是干事。小金楞了,就去乡里论理。乡党委书记将此事推给分管副乡长。分管副乡长大李让他正确对待组织。小金去县里找,县领导推给县矿产委员会,分管副主任康强让他正确对待自己。

　　小金想不通，小金恼了！小金就去"娇媚之乡"，掏出几张百元钞票，说："按摩！要小姐！"里边走出个二十来岁的美女，十分高雅清秀，打量他几眼说："你，按摩？"接着嫣然一笑："换老板了，和以前不太一样呢！"小金斥责："别废话！"美女又道："最好去别的地方。"小金凶巴巴地说："我就要你！按摩！"姑娘又笑了，说："那好啊！我技术高着呢！里边请。"小金就随着她进一个大屋，其中三张床位都躺着人，正按摩的是一个男性盲人。小金就喊着："开单间！要雅间！"美女顺从地将他领到一个单间房，说："你好福气。现这地方没雅间了，就让你特殊一回。来，躺下。"

　　小金斜睨着眼一边躺下一边说："我还从来没见过你这样漂亮的姑娘。"青年女子不在意地说："谢谢你夸奖。来，快躺下吧。"小金看着美女高耸的乳峰，连咽两口唾沫，一时眼热心跳，还没来得及多想，就觉得两肩一麻，像一捆稻草一样被扔在床上。青年女子不由分说，揎拳捋袖，伸出拇指从头顶下手。小金顿时觉得头像挨了一棍般疼得厉害，想去推，一抬臂才发现根本动不了。小金怒道："你点穴害人？"但话说出来，却变成了喃喃自语，自己都听不清说的什么，这才明白，说话的穴位也被点住。美女脸上漾着微笑，按摩过小金的头，开始推拿小金的脊背。小金说不出话，翻不动身，只觉得骨头发疼发酥，仿佛过电一般难受。不一会儿，从脚心直到头顶，大汗淋漓，热气腾腾。大约半个小时，美女把小金往床上一丢，起身往外走。小金试了试，还翻不动身，只好在心里暗骂。以前只恨社会腐败，现在才知这按摩女最可恨，简直就是白骨精！但骂归骂，现在还在人家掌握之中，一会儿汗落了，浑身冰凉，像置身冰窟里一样，好不容易盼到美女过来，却见她笑吟吟地坐在椅子上看他，十分惬意的样子，好一会儿才抓住他手腕拉他坐起。小金试着能张开口，就软绵绵地说："你还不整死我！"美女笑道："看你也不像那路人，没给你用真功夫，还不快回家去！"小金下来试着迈了迈步，虽然腿软，但能往前挪动了，晃晃脑袋，头脑似乎比来时还清醒。这才暗自佩服美女的真功夫，但不敢说什么，急忙要离开，到门口，小金忽然想起，忍不住回头问："康主任近日没来？"

美女瞥一眼他道："康强？进去了！"小金惊得转过身，问："啥时候？"美女说："昨天傍晚。"

小金又问："大李来了没有？"青年女子笑嘻嘻地说："他呢，倒来过一次，按摩得够劲儿，拖着腿走了，现在可能还在家躺着呢，估摸着不会再来了！要说来清醒清醒倒也好，你们都是。"

小金走到街上再回头望，这才发现"娇媚之乡"的牌子不见了，新牌子是"按摩治疗所"，他小声骂道，妈的！这倒是名副其实！他忽然觉得一阵愉快。

九　婶

那时九婶还是邻村很俊的小闺女，同比她大八岁的九叔订了娃娃亲，九婶一颗心全在九叔身上。那年头村里穷，看见东边桑林里的桑葚红了，九婶上树尝尝很酸甜，就采摘了一大包，不顾害羞，趁天擦黑给九叔送到家，不好意思进门，站在门口等九叔出来，等了吃顿饭的功夫，还是邻居来串门发现，才喊出了九叔。九

053

故乡的沙路

叔让九婶进去,九婶将桑葚往他怀里一推,回转头像射出的箭一样飞跑。

九婶上初中时,九叔当兵要走,六奶——九叔的寡母身体不好,呼天抢地不让走。九婶听说了,就过来劝。六奶就是不答应。九婶毅然辍了学,也不管别人口舌,搬来住到六奶屋里,挑水做饭加熬药捶背,像过门多年的孝顺媳妇。六奶感动得直淌泪,再也没法拖后腿。九婶就这样以未婚妻身份支撑起九叔的家。后来村里分责任田,九婶更忙了。外边几亩地,院里猪羊鸡,九婶料理得井井有条,哪一样也不落在人后边。过了几年,九叔请假回来跟九婶完了婚。结了婚的九婶忙得更理直气壮。九叔也如愿提了干。后来九婶有了一对可爱的龙凤双胞胎,粉嘟嘟的很可爱。

孩子四岁时,九叔转业回来了。九婶心里那个喜欢,跑来跑去都哼上了小曲。九叔托关系安排到县里机关工作,后来村里人都知道九叔升官了。不断升官的九叔回村就少了,九婶脸上的愁云就多了。九叔是想离婚,但六奶骂得凶,九叔有顾虑。六奶一去世就裹不住了。孩子该上小学时,一纸离婚书捎回来,九婶含着眼泪签了字。

离过婚后九婶丧魂失魄了好几天,做事丢东拉西,天大明了也不想起床。但不起来也不行,孩子还要吃饭上学呢。一看到孩子,九婶就又来了劲。她现在一颗心就全在儿女身上了。孩子跟竹笋一样蓬蓬勃勃地往上长,女孩比小时候的她还齐整,男孩更比九叔帅气。九婶想得很多。她太盼望他们长大成才,既不能让他们养成懒惰习惯,又怕他们干多了累坏身子骨,更怕耽搁他们学习。她对他们学习操心得很。家里地里活儿再累,家庭作业她都得亲自检查。在督促孩子学习的过程中,她找到了自己的位子,找到了乐趣,甚至在地里干活嘴上念念有词的,也是孩子的作业题。孩子们争气得很,在学校考试每次都是前几名,还是班上评比的三好学生。邻居们总是把羡慕的目光投向九婶的儿女,说你好日子在后边哩。九婶嘴上不说啥,脸上漾出笑意来。

但是有一样,一提到九叔,九婶就阴了脸连饭都不想吃。孩子们在学校在街上总听到人们议论九叔。还有人对他们说,你妈带你们过日子那么难,你爹为啥一点都不管?早该到县城找你爹理论理论。那天雨下得大,教室里直漏雨,老师就让学生回家做作业。这两个三年级的学生就偷偷商量趁这时上县城去,让没良心的爹补偿妈妈。他们没走出几步浑身就淋了个透湿,但他们遗传了妈妈的坚强执着,手拉着手坚强地继续往前走。没想到好好的大路那天让雨水冲出一个大沟,浊黄的水流汩汩地往沟里流。他们就跳下沟蹚水过去,但一下去就爬不起来了。等到被过路的人发现,两个孩子早没气了。临死哥哥还紧抓着妹妹的手……噩耗来得太突然,九婶一下子昏过去了。醒过来她不停地自责,回忆起孩子小时候在外边受了气,哭着说要找爸爸,她出手一人一巴掌,怒气冲冲说找他就永远别回这个家了!是不是这句话一语成谶?这成了九婶永远的心痛……

埋葬了孩子,九婶许多天不吃不喝。大家都哀叹,九婶恐怕不行了。但九婶摇摇晃晃又站出来了,背上一把铁锨,到淹死孩子的地方修路。雨冲的那个沟村里早修好了,九婶就一路修过去,路边的小沟小坎她就修补铲平。以后她除了地里的活计就是修路,甚至收麦栽稻累得直不起腰,还要到路上铲两锨。每逢天阴下雨,她抓住铁锨就往路上冲。她不要补助,不要奖励,日复一日、年复一年地不屈不挠地修下去。所以你如果来我们村,第一眼看到的肯定就是九婶,那个手脚不闲的劳动妇女的勤奋顽强的身影。

在 水 一 方

　　到纽约一下飞机,中国移动就把信息发手机上:"……推荐您选择 T－MOBIL 优惠网络,拨当地直拨 0. 59 元/分,拨国内电话 86 加号码 0.99 元/分……"我们几个人今天到自由岛旅游,手机短信却说"您又漫游到非优惠网络,拨当地直拨 2. 99 元/分,拨国内电话 01186 加号码 4. 99 元/分……"这价位高得多! 在国内我打理一个规模不大的公司,虽说来美旅游前有安排,但担心有急事,所以对手机漫游很关注。从泽西街站下轻轨车时,公司来电话报告一件事需要我协调,我就一边走一边向国内猛打电话。我们是散客,步行穿过一处海滨,两公里距离,烈日当空,晒得我全身像着了火。终于到了旅游码头,凉亭里我要了冰水灌下,忙不迭就摆弄我的手机。小王说,再查查你手机费吧! 一查我更大吃一惊,没半天又增加将近一千元人民币! 非优惠网络费用也不会高得这么离谱吧! 赶紧打开中国移动的提示信息看,里边有这样的话:"部分智能手机会自动上网更新软件产生高额 GPRS 流量,如需关闭请拨免费客服热线。"我忙拨客服热线,却拨不出——原来手机中病毒了。正在着急,耳边响起不太标准的中国普通话:"请原谅,我可以帮你吗?"——是在我一边坐着的一个白人美女,看来这位美女还会些中文。一路上多处感受到美国人的爽朗大方和热心助人,今天就来个"病急乱投医"吧。我想也没想就递过去。但美女鼓捣半天还是不行,无奈只好还给我,耸耸肩,双手摊开做一个无可奈何的表情。

同行的小王劝我:"不行再买一个吧。"我没好气地说:"今天还顾得上?"老刘就好心地帮我骂这个手机,但能起什么作用?

那位美女本来起身要离开,看我无奈的模样,又回过头来说,在你们刚才下车的地方,我的一个同学在那里开店,手机他很内行的,你们同不同意找他试一试?

我抬头看看来路,缕缕热气在路上蒸腾,再跑个来回,非休克不可。美女看出我的意思,说,坐我的车去,很快的! 她说着就到停车场把自己的开过来,让我们上车。我多少有些犹豫,但小王和老刘都催促,于是我坐副驾驶,他俩坐后座,风驰电掣很快就到了。她的朋友果然玩手机技艺娴熟,三拨拉两拨拉就轻而易举把我的手机程序给整好,一切正常,而且调整到 T–MOBIL 优惠网络,但他不会中文,说明情况还得靠带我们来的美女翻译。

走时我问价钱。这个小伙比画着说英语,美女翻译道,没有添硬件,不要钱的。

于是我愉快返回,坐在汽车上听空调轻微的嘶嘶声,心情真好,今天是个美丽的故事。我,还有小王、老刘,都连声道谢。

美女一边轻快地打着方向盘,一边说,不用谢,我和你们本来就是一家嘛。

本来一家,和我们? 我们都狐疑地看她。

她有些骄傲地说,看不出来吗? 我是华裔,中国,汉族。

我认真打量她,颀长的身材,白皙的皮肤,蜷曲的长发金黄,耐看的椭圆脸蛋上,弯弯眉毛下深深的眼窝碧蓝的眼珠,高高的鼻梁,是华裔?

她说,我的祖先于海碰,你们应该听说过——碰到的碰。我们都摇头。老刘小声嘀咕一句,可能是下海人的绰号。美女说,不是,他就叫于海碰,是清官于成龙的后代,也是最早来美国的移民,开始是劳工,修铁路,当然有许多血和泪,后来却有个美丽的故事,这故事改变了他的命运。承包的工头,从爱尔兰移民过来的富户希伯来雇他帮忙,让埋葬患出血热死去的女儿——美丽的白人姑娘艾瑟儿。那时候患这种烈性传染病的人很多,人都躲之不及的。于海碰去了,埋葬过程中他发现艾瑟儿还有轻微呼吸,就不避被传染的危险,用自己的绝技针灸技术让她起死回生,治好了她的病,后来两个人就成了夫妻。再后来希伯来帮助于海碰开了一个诊所。当然这是第一代,后来几代呢,还有很多故事。她回过头来大笑。

我很想听下去,但该下车上船了。她说,她叫珍妮特·戴文·于(果然保存祖先的姓氏),在普林斯顿大学读博,专修中国人移民美洲史,这次再跑来爱丽丝岛还是查移民档案的。

她掏出一个精美的小笔记本,让我们签名。我问有什么用。她说,跟同胞交往,大事小事都值得回忆与纪念,到老了回味也尤显珍贵。她还说,还要到中国去考察和调查移民史,想去那里寻根,也想在那里找到一个地地道道的中国小伙子结婚,祖先的水土,落叶归根,下一代没准又成了黑眼黄皮肤。我们都笑了,说你是老根上的嫩枝,蓬勃向上。她也笑,说是的,我们大中华都蓬勃向上!

八　叔

　　八叔是妻娘家村人，与妻并不同姓，不知从哪说起，妻喊他八叔，我当然也随她喊八叔。八叔父母早亡，一直未结婚，又无兄弟姊妹，唯承继祖上衣钵，开一中药铺为生，把脉开方自得其乐，寻医求药者倒也络绎不绝。八叔圆脸薄唇，平生爱侃，称天文地理无所不晓，侃起来眉飞色舞，滔滔不绝，岳父背后说他"吹破牛"。

　　那次我到岳父家，八叔正从门口过，看到我老远就伸出右手大步过来，握住我的手使劲摇着道：贤婿别来无恙乎？半文不白让人别扭，但八叔就这样。我只好虚与委蛇：药店生意好吧？八叔道：我意不在赚钱，只求救死扶伤。我说：高风亮节才真名医。八叔扬眉道：日常杂疾不在话下，疑难绝症方显医术。那年仲夏我在中医学院进修，一省领导因其母口舌生疮多年，扶母求诊，教授对症下药，老人沉疴难瘥，每况愈下。后来，群医束手。余乃请缨，品脉后断为肝肾阴虚积久，虚火上炙，以温补加滋阴，开方一剂，让她连吃五副，告其曰：信我，则一周好转，两周根除，不信我则另请高明。当月果然痊愈。教授拍案叫绝：体制！体制！如此回春国手，不能留校传道授业，恨事！八叔正讲得兴起，屋内脚步声杂沓，原来岳父背着手，妻舅也别着脸前行后跟出了屋子。我们这儿讲究"医生门前过，有事没事请到家里坐"，如果不是太听不惯八叔海吹，岳父和妻舅是不会这样玩难堪的。

　　又一次来岳父家，八叔正在街口对村主任吹牛，说自己书法之出类拔萃,村主任没听几句扭头便走,又给八叔玩个难堪。我正好走到跟前,为挽尴尬接口道:八叔,回头我得求幅字。八叔当真,拉我到药铺看他医疗笔记,记载每一就医者病症所来,方剂内容,好转痊愈情况,皆毛笔行书,颇见功力。八叔又为我写一狂草条幅,装裱后亲自送来。我打开做认真欣赏状,说,真如天马行空,咱县书法大赛,你以后也参加呗。八叔道,不过舍得甩钱而已,我羞与其为伍。我说你看中医有空练书法?八叔说名医自通书法,明李时珍、张景岳、萧九贤哪个不是书法大家?书、医、道一体方能悬壶济世。我半信半疑,嘴上却说,我找到您神医的秘诀了,那就是书医道一体。不过是重复他的话,八叔却大受感动,攥紧我的手道:惺惺相惜,人生得一知己足矣!

那年冬天特冷,我因此得了哮喘,多次到县市医院就诊,收效甚微,十分苦恼。八叔听说了,来我家为我品脉,又查看我各类检查单子,大言不惭道:哮喘亦我重点研究之症,你是壅阻肺气,阴虚阳盛,热蒸液聚,痰热胶固。贤婿放心,县二中校长的比你还重,已完全治愈。清热化浊,培养免疫力,30副药除根。我知他爱吹,心不以为然,为顾面子勉强点头。第二天八叔就骑车载15包草药过来。我说,八叔,我这病恐怕难好。八叔正色道,扶正祛邪,先在于心。我要给钱,八叔怒道,难得知己至交,岂染铜臭乎?我想,市县大医院跑遍,无一敢说能治愈,八叔毕竟江湖郎中,会行?八叔一走,就将那大包小包的草药丢掉了。

过半月,八叔又来,观气色察舌苔品脉搏,惊道:未用药乎?我忙掩饰说:吃了,吃了。他喃喃自语:怪哉怪哉,或又加班熬夜所致?我说也没啊。他说,心诚则灵,望遵嘱服用。这次八叔调方抓药亲自煎好,买了分装瓶装好给我送来,说正值三九,存于外屋即可。我十分感动,想:这药要真的管用就好了,就怕难逢这等好运。

　　谁也想不到，八叔就在骑车回家的路上遭遇车祸，没送到医院已撒手尘寰。他家族近门无人，几个远房弟侄争分八叔的存款和库存药材，连中药铺房子也刨了分砖瓦。我十分悲痛，含泪送了花圈，深深四鞠躬，回到家中，一眼看见那15瓶煎好的汤药，不由想起八叔的好，为志纪念，定要将这15瓶吃到肚里，即便全然无效也要遵嘱服用。我一天一副，分外认真，还未吃完就觉症状大为减轻，难道八叔真研究出了治哮喘的秘方？但八叔的药书存方及多年的治疗笔记，连同八叔的衣帽鞋袜，皆在弟侄们争闹声中付之一炬。我逡巡中药铺遗址，唯有喟然长叹。

抢劫与语法

　　这是阿强第一次抢劫。如果不是辛苦打工半年，一分钱也没拿到手，如果不是钱包瘪到极致，他是不愿出此下策的。但现在，只有如此了，也算是逼上梁山吧。

　　换了几个地方都不理想，最后他跑到公园来。公园里就仙鹤园处比较幽暗。现在是人们回家吃晚饭的时候，他走过去，四顾无人，正觉得失望，一个身穿紫色套装的姑娘正信步走过来，神态悠闲自然，对即将到来的危险完全没有预感。阿强想，真可谓天助我也。

　　阿强掏出那把五块钱从小摊上买来的黑色仿真手枪，使劲咳嗽一声，但女孩根本没溜他一眼。他不得不跳到路上，面对女孩，平端起枪厉声喝道："抢劫！交出银行卡！交出钱！交出手机！"他自觉声音威严而又凶暴，能叫人不寒而栗。他看一下女孩，想她可能会吓得瘫软了。

但是女孩并无恐惧，也不看他的枪口，只是疑惑地看他的眼睛。

他倒是奇怪了，想自己的话没有纰漏，她应该害怕，应该慌不迭地执行呀。他扫视四周，不见一个人，就阴沉着脸，再次命令："抢劫！交出银行卡！交出钱！交出手机！"他拿枪瞄瞄，做出马上就要扣动扳机的样子。

女孩仍不害怕，只是很着急的样子，伸出胳膊比画："啊哇哇……"阿强倒是吓一跳，但马上明白过来，是手语，这是一个聋哑人。一时他有些犹豫，但寻觅到一个合适的抢劫对象也并不容易。他摆摆左手，意思是不懂。女孩指指地上，蹲下捡起一根棒棒，在地上划字：你是要钱吗？

阿强只好也蹲下去，把枪递到左手，右手找到一个白灰块在水泥地面上划：钱，银行卡，密码，都要，我在抢劫！

女孩用不屑的目光看他。阿强想，低看老子？不管你，交钱就成！

女孩又划字：我可以给你钱，没问题，但你语句不通，没学过语文吗？

阿强这才知道那不屑目光的含义了。他很生气，他是因为父亲患病才辍学的。初中老师几次来家里动员他返校，就是因为他语文特好，好到什么程度？考试从来是班里第一名，他从没得过第二名。他用白灰块划字：我的语文绝对好！

女孩划字：吹吧你！句子没主语，不懂主谓宾！

阿强划字:是你不懂！可以有无主句的,你懂吗?

女孩写个句子"下雨了。"在下边划一道引出来,又在地上划字:这才是无主句。你的句子是病句。

阿强有些犹豫,他毕竟好多年不跟语法打交道了。他考虑一会儿,又在刚才划的"钱,银行卡,密码,"下边划一道,引出来划字:联合词组作主语,又在"都要"下边划一道,再划一道引出来划字:偏正词组作谓语!

女孩划字:联合词组中间不能有逗号。

阿强想想,觉得有道理。他过去将那几个词中间的逗号抹去。女孩就将抹去逗号的地方加上顿号,抬起头,嘲讽的眼神闪闪发光地看着他。现在他突然不想抢劫了。女孩却在从包里给他掏钱。看到钱他又想要了,他想在地上划:这是我借你的,一有钱马上还。他想,决不能骗她,自己挣到钱一定要还上,还上她的钱后再和她探讨语法。但女孩把钱递到他跟前时,他心思又变了,不,这钱不能要,要了还是抢劫,那就没脸来找女孩谈语法了——这钱,饿死也不能要!他推回女孩的钱,正思考怎样用白灰块表达时,前后都来人了——是警察,上前扭住他的胳膊,没收了那把仿真手枪。——刚才他用枪对着女孩时,有一个中年男子在那边看到了,立即掏出手机报了警。

警察对阿强和女孩进行询问,这才发现女孩是聋哑人。阿强承认,刚才就是要抢劫她,但抢到半路他心思变了,又不想抢了。警察听得有些迷惑,就说,到所里录口供。阿强央求说,请让我给她划一句话。他蹲下划字:等我放出来,再跟你说清复杂主语的构成。

女孩在地上划字:这是讨论语法。她拉着警察让看。警察看得更是莫名其妙，只好也划字：你也过去，一起到派出所搞清楚。于是女孩就也跟着走。阿强见女孩也去，脸上顿时现出明媚来。

故乡的沙路

记得刚刚换下开裆裤的时候，随大人回老家去，爬上雄伟的古阳堤，第一眼印象就是，广阔的连绵起伏的沙土地，宛若滚涌的波浪，时有横着的沙沟发着深黄色彩，还有浅黄色的沙路，曲曲弯弯，时隐时现地伸向天边，仿佛是通向那绮丽诡秘的白云里。于是走沙路，成了我当时最开心的事。

好在本家叔叔大伯的小孩子很快混熟了好几个，岁数跟我都不差啥，大人们要我喊哥喊弟，我却很感兴趣地喊他们的名字"狗碰""羊娃""福娃"，他们也随叫随应。我们便相伴上了古阳堤，大家齐发一声喊，争先恐后跑下大堤，一团烟尘卷上沙路。

一道道大小不一的沙丘从远处逶迤而来，横过沙路，路中间的沙坡被马踏车碾弄得凌乱了，路边连接着路外的田地上，还是原始的形状，凹面都是细软的沙粒，平滑地铺在那里，阳坡星星点点闪烁着太阳的光。

欣喜的一声叫，我们便一起冲过去赤脚踏上。像绒毯，像海绵，那样松软，沙土泉流一样从脚趾缝里冒出，又朝着脚面和小腿肚子围上去，凉凉的，痒痒的，舒心得很。忍不住弯下腰去，抚摸她，她便也抚摸你。她抚摸你，像是母亲温柔慈爱的双手；你抚摸她，像是抚摸母亲蕴含着奶汁的乳房。太阳转过了东南方，明晃晃射眼。田野是那样开阔，我们印在沙路上的影子渐渐缩短。沙路沙丘暖和起来了，渐渐有些烫脚了。干脆再赤脚趟几趟，听说能治脚气病呢。后来觉得乏了，便仰躺在沙路上，头枕着小沙丘，两手扒着细沙围住双脚，围住双腿，围住胳膊，围住整个身子，舒服得张开小嘴巴，露出小碎牙，额上沁出细细的汗珠。

躺足躺够了，还得想新点子，这么柔软的沙路，不玩个痛快亏得慌。狗碰说："玩啥？"羊娃说："碰拐吧？"碰拐是手扳起一条腿，单腿蹦跳着互相碰膝盖玩。狗碰一撇嘴说："咱今天就埋寻吧。"词典里也许没有"埋寻"这个词，但童年的我们可都心神向往。那就是把一件什么东西在沙土里埋起来，另外几个人刨土寻找。开始是埋寻一根树棒棒，后来是埋寻小手巾。连着五六回，赢的一方总是刨沙寻找的一方，埋的一方总是输方。狗碰说："得动真格的，埋钱！"埋钱？那时可不是现在，钱金贵得很，谁家的小孩被派出来买盐打煤油（点灯用），大人一分一文都抠算得清楚，就是千方百计能偶尔偷偷藏起一分钱，往往也被大人搜兜兜搜去。眼下只有我和狗碰兜里有一分钱，我是一枚一分的镍币，狗碰也是一枚一分的镍币，羊娃没有钱，只有福娃是二分的镍币，是他娘让他买洋火儿（火柴）的。再一次"刚接杯"决出顺序，然后大家背过身去，由福娃埋，埋过喊一声"好了"，大家就扭过脸来，刨沙寻找。那两枚一分的硬币很快被翻寻出来，但福娃自己那二分的镍币咋也找不到。开始福娃还骄傲地昂着头，故意不看我们，后来他也有些急了，说："就在这儿啊。"也下手刨寻。一只只小手像是一把把红红的小耧耙，翻上翻下沙土乱飞。翻腾了好半天，竟然不见踪影。福娃一下子哭起来，说："俺娘会打我的……"狗碰说:"甭哭,不会找不见的。"仍然不停地刨。福娃说:"要是找不见呢?"狗碰就说:"把我的一分钱给你。我打醋余下的,大人不知道。以后我想法再打一回醋就又有了。"我说:"我的一分钱也给福娃添上。"羊娃说:"咱还得再找找呀。"也许是诚心感动苍天,这次福娃一下子抠出来,坐在沙堆上大口喘气。大家也都松了一口气,正在欣喜,狗碰手一指说:"看,天混沌了。"

不知不觉间,原来万里无云的蓝莹莹天空早已苍黄一片,低沉的呜呜音从天边奔驰而来,这就是我们这儿常说的猛帐子风,带着强烈的气势,雄壮地唱起歌来。沙便兴奋起来了,急切地扑上去,伴着风舞蹈,拥抱着再也不分开。他们热烈的爱,充斥于天地之间。于是空中便响起愉快的哨声,像是在召唤我们,又分明是推搡着我们,要我们参加他们的舞会,融进那疯狂的旋律里。我们的心情莫名其妙地激动起来,也想和一首歌,一张口却被狠狠地噎回去。我们便在沙路上蹦跳。大风卷得均匀,铺天盖地全是沙尘,脖子里是沙,衣袖里是沙,裤襟里是沙,口里鼻里都是沙,两眼可是一点都睁不开呢。我们手拉手坐在沙路边,任凭大风揪住我们的头发晃来晃去,任凭沙粒打得衣裤沙沙响。别担心脏了衣服,沙粒比肥皂还管用呢。脏的手绢埋进寻出,要不了几个回合,就干干净净的。就是在家里不小心弄的衣服上的饭粒,经历这么一场裹沙带刺的猛帐子风,污痕便一点都不见了呢。

风小了,可以张眼四望了,沙路上的沙丘又一道道接着田野连成了风景,正想再玩的主意,狗碰说:"快跑!"我一抬头,看见乌黑的云团盖上来,紧接着大雨珠子砸下来。还没跑几步,哗哗就下紧了。沙路贪婪地吮吸着雨点,松散的浮沙瓷实了,但还带着一点绵软,好像海绵上边铺了一层橡胶,跑起来特别舒服。虽然到家挨了大人一顿骂,但终生再不会忘记故乡的沙路。

听　窗

　　夜幕降临了,喧闹一天的小山村宁静下来,小顺新婚的家院也安静下来。洞房里的小顺活动活动腿脚,站起来走向大床,一边小声问新娘子:"喝点水,你?"话没有落音,几声咯咯啪啪,吓他一跳,马上意识到是踩崩了地上的瓜子,不由得笑起来。笑声未了,听外边有人喊:"新郎笑一笑,想把新娘要!"接着许多人七嘴八舌:"今晚抱新娘,抱住当新郎!""新郎找新娘,想把滋味尝!"山村规矩,新婚之夜如没人听窗,会一生不顺利,而热热闹闹的听窗是新婚夫妇一生幸福的预兆。小顺只好说:"听窗的可都到了。"新娘子小声说:"咱这里还真不赖哩,俺那儿,上次俺哥办事就硬找不见听窗的,把俺妈急得哭……"

　　小顺说:"是哩,眼下年轻人都出去打工——难道叫老头老婆们去听窗? 就算有那个劲头,也不时兴那个规矩呀……"

　　外边喧闹声大起来了,淹没了新婚夫妇的对话。他们只好闭嘴,听人们叽叽喳喳,听人们放肆地开玩笑拍门窗追逐吵闹。

　　夜深了,外边渐渐静下来。小顺慢慢挪过去,坐在床沿,轻轻揽住了新娘的臂膀,山村的夜沁润得那臂膀有些凉,小顺心疼地摩挲着,新娘微微颤抖了一下,温顺地将身子靠在小顺子胸前。

　　窗外山风习习地吹着,院里的老山楂树沙沙响,除此外好像没有人的动静,但小顺子还是能闻得到听窗外的人的气息。他自小打小山村摸爬滚打长大,听过无数长辈和兄长们的窗,很是知道这里边的事。他耐心地等待。许久之后,果然好几个变形的人脸贴着玻璃窗围了上来,还故弄玄虚地互相提醒着,小声,小声!小顺和新娘子轻轻地拥抱着,一动不动,像是大庭广众之前的绅士淑女。

　　时光又过了许久。忽然,一阵急促的唰唰声,是雨珠斜打在玻璃窗上,接着淅沥沥下得紧了。听窗的人们惊呼,真的下大了!雨老是紧!不是时候!来财哥,咋办哩?——唉,该好过小顺这小子,撤吧,撤吧!接着一阵杂乱的脚步声惶惶地远去了。小顺在里边嬉笑,不是时候?这雨来得还真是时候!你们光知道这陈年老规矩,咋不理解青年人的心思哩!

　　一股男性的激情在血管里澎湃,小顺的手放肆地游动起来。新娘子使劲挣脱他的手臂,起来铺好床铺,又羞涩地看他一眼,才慢慢地解开衣服,泥鳅一样倏地钻被窝里。

　　小顺动作快,撕开自己的衣褛,三两下扯下扔到一边。立即往被窝里钻。一股带着香味的温热裹住了他。他的嘴先寻觅过去,一下子便衔住了新娘子的嘴唇,吧咂吧咂吮吸着。

　　正要顺理成章地发展下一步,忽听外边响起了洪雷似的喊声:"新郎官,亲一个!""新娘子,亲一个!"接着小孩子们就没大没小地胡唱起来:"你在上,我在下,你说几下就几下!""这根粉条长又长,过年小孩子会叫娘!"

　　新娘子臊得脸颊发热,把小顺子一推,头钻被窝里,紧紧裹住不敢动了。小顺子知道上当,但知道来财他们的苦心,听见雨珠子沙沙下得紧,苦笑道,呵呵,淋雨也不怕——你们真是敬业啊!

虽说一夜雨声不停,但来财他们时而掀起一个高潮,竟然这样不停气儿地闹到天明。

小顺和新娘子都一眼未睡,这样热闹谁能坦然入眠呢?东边的山巅上已经缀满了灿烂的早霞,忙碌一夜的来财他们准备打马回营了:"叔俺都走哩!"小顺的爹忙不迭地说:"都来,给,红封。"来财捏捏便知,说:"自家人,还给加钱哩。"小顺的爹说:"你们一夜辛苦还淋了雨——不是大侄子你的面子,能跑几个村集合这么多人?跑这么远来实打实地闹新房,我知道行情是一人二百,可咱表心意咋着也得三百!就这我心里也透着感谢哩!"

流浪汉保罗

保罗是个地道的流浪汉。我说"地道"的意思是说,上次我来美国,他就常在这个楼下的公园里。白天常见他斜靠在公园的连椅上横伸着大腿,塌蒙着眼嚼着政府救济的面包,晚上则裹着破毛毯瑟缩在亭子里的水泥地上,任凭风吹雨打。相隔一年多来到这里,仍不断见到他的身影,只是容貌更加憔悴,胡子拉碴,衣袖上满是污垢,一只裤腿似被哪里的荆棘拉开一缕一缕的。

在美国流浪并不稀罕,而保罗最引起我注意的是他的豪饮,可以说超过我见过的任何醉汉。他喝酒从不要菜肴点心,就是抓住酒瓶脖颈,一口接一口往嘴里抿,说是"抿",实际上不到半个小时,一瓶斤把装的白酒就底朝天了。喝足了酒的他不看地方,随时随地一头倒在地上就呼呼大睡。其实他的家境原来也颇为殷实,但是都被他喝光了,听说是为了爱情,他所挚爱的姑娘嫁给他人为妻,他便成了这个模样。他的爱情在哪里,我们都不知道,但去年在这里时,他抓住名贵白酒红酒海喝是众所周知的。光看他丢弃的酒瓶就叫你咋舌:精装人头马、马爹利、百加德、皇冠伏特加、蓝牌极品威士忌、法国茴香酒里卡尔……别的我不知道,那一瓶极品百加德可就是上万美元!保罗好像蓄意要毁掉自己的家,他的别墅卖掉了,林肯汽车也换了酒喝——哪个家庭会经得起这般折腾呢?而且他光支出不收入。他曾供职的公司几次请他去上班,许诺加薪与奖金,但嗜酒的保罗想也不想就拒绝了。

保罗有时也做好事,譬如从绿草地上拣些塑料纸,将空易拉罐送到垃圾箱里。而让我感动的是他也管闲事。儿童游乐场是禁止狗进入的,一般也没人带狗进去,但那天就有一位高大威猛的青年人,穿着很优雅阔气,竟不管不顾地牵着头大狼狗到游乐场里散步。保罗远远看见,一溜小跑过来,很礼貌地请他带狗出去。那个人不屑地说,现在没一个儿童过来,为什么我不能遛狗呢?保罗生气了,转身就奔向附近的公共电话亭。那个人知道他要报警,连忙牵着狗出来走了。

这个初冬的上午,阳光明媚,海风习习,金色的树叶片片随风飘落。保罗坐在水泥台阶上靠着一棵枝叶萧疏的树干,把着酒瓶喝白酒,现在他已经只喝最便宜的"北冰洋"了,即使"北冰洋",也是他拿政府发给他的救济食品券,从小商店里换来的(大超市与商场是不肯给他这个方便的)。这时有十多个人说说笑笑过来,直奔保罗而去。保罗可是充耳不闻,连眼皮都不曾翻动一下,他只是往嘴里抿"北冰洋"。和我一起散步到这里的道尔说，还是那个琼斯经理，可能公司想请保罗重出江湖，保罗以前在他们公司干软件设计，做的很优秀，也许是公司又遇到什么难题了吧。

几个人就围站在保罗跟前，一旁还伸出几个照相机和摄像机。保罗却垂眼无动于衷。

一个女性的声音，脆生生的英语响起来：保罗，我来找你。保罗在众目睽睽之下，终于缓缓地抬起了头。这一抬头不当紧，保罗顿时惊呆了，他两眼放出异彩，双手不由自主地向前平伸出去，浑身都颤抖起来。——是他原来的女友来找他了。其实他的前女友与丈夫生了两个孩子后，丈夫就车祸去世了。她生活一直很不如意，是公司打听到这个消息，设计这个让他们破镜重圆的场景的。前女友直视着他的眼睛说，保罗，对不起，他去了，但我和他生了两个孩子，那不是？我到哪里都得带上，那是我的孩子。

保罗迅速站起来，上前一手一个，把两个嫩生生的孩子抱了起来说，不，现在是我们的孩子！他把"我们"两字加重了语气。琼斯经理说，我请你回公司，继续你们正常的生活。经理递给他一个笔记本电脑。保罗轻轻放下孩子，抓住笔记本像是抓小提琴一样一只胳膊托起，一手在上边噼噼啪啪打起来，是大珠小珠落玉盘。前女友过来为他托起笔记本电脑，保罗两只手一起上去，那简直是飓风呼啸吹过，是千军万马在冲锋陷阵。女友眼中滚出热泪，踮起脚亲吻他的脸颊。保罗将笔记本电脑随手一抛，经理旁边的一个人慌忙接住。保罗与女友紧紧地拥抱在一起了。

恒顺药铺的枪声

开始，郝伟只是想将自家的首饰当出去进一批紧俏药材，自夫人去世，他还从未看一眼这首饰。夜深人静，郝伟吃力地挪开屋角沉重的红木柜，小心翼翼掀开木地板，掏出首饰盒子打开时，顿时吃一惊：首饰不见了。屋子门窗好好的，平时都上锁，连伙计打扫卫生都在自己眼皮下，这事会是谁干的呢？

郝伟是东沙镇恒顺药铺的老板，生意不大，柜上仅雇有三个伙计。两个使用多年的伙计都是亲戚，应该靠得住的。只有半年前新招的林涛——这个年轻人因脸生得白，带几分腼腆模样，被那两个亲戚戏称"白面书生"。林涛请假探亲几天前刚回来，莫非会是他？

郝伟久在江湖，深知这种事不易打草惊蛇，关键是搜集证据。第二天他不露声色，暗中观察三个伙计，没发现什么异常。他苦思冥想，终于心生一计。这天傍晚从外进货回来，他怀中就多了个精致的油纸包。三个伙计正在吃晚饭，他故意斜闪着身子不让他们看到，入堂穿厅，急匆匆走进后院，抓起一把铁锨，神神秘秘地把那油纸包埋到老樟树后边墙角，然后仔细地整理了地面。他暗中打量前后左右，没发现人窥探。但他知道，如果这个院内有贼的话，那么他的一举一动都在这个人视线中。

入夜，他像往常那样巡视前院后院屋内屋外，在院子里长长地打个哈欠,然后慢腾腾踱进里屋睡觉。但他上床一会儿就偷偷挪下来,从顶棚够下一个沉甸甸的小包袱,小心打开,是一把德国造盒子炮,他细细地擦拭了,把弹夹压上子弹,然后端起手枪将身子贴到后窗一边。

一片散淡的云影罩住朗月,一个影子倏尔溜出,脚步轻得像鬼,飞风般冲向老樟树后的墙角……

郝伟大吼一声:“不准动!”从窗口跳出去。那人一愣,抬起头来——正是“白面书生”林涛。林涛见郝老板平端手枪,一边举手做投降状,一边有些意外地说,你,还有枪?

郝伟道,兵荒马乱的,置个枪不多! 他俩哪里去了? ——他想那两个亲戚最爱看热闹的,听到响动应该赶过来。

林涛说,我找个借口把他们支回家了。

郝伟道,你把我家的首饰偷到哪里去了?

林涛向他走近一步说,你这两天在为这个? 我并没见过你的首饰……

郝伟手枪晃两晃,说,站住,你往前再走一步我就开枪! 现在我只数一二三,喊过三你再不承认我就开枪!

没等那个“三”字出口,林涛已经认罪,高声道,我是把它藏在药柜顶上……

郝伟用手枪押着林涛到药柜顶去拿。但林涛自己抓来抓去没抓到任何东西。

郝伟说,我不怕你给我耍花招!

林涛慌忙说,我记错了。是放在中药炮制室……

但炮制室仍没找到。明亮的马灯照耀下,郝伟气得嘴巴都歪了,他已经忍无可忍,平端起手枪就想扣动扳机。

林涛慌忙说，我说真话，说真话。那东西已被运出去，搁到大寨子山岛上了。

郝伟根本不信，把手枪啪的一声拍在案桌上，怒道，你还要撒谎到何时？

但他这话只说一半就顿住，随即就无比清晰地知道，自己把手枪拍在案桌上是犯了个错误——一个致命的错误。林涛手臂闪电般一晃，那把盒子炮已在他手中，黑洞洞的枪口现在是指着郝伟的脑袋。

郝伟心里惊慌，他眯缝着眼想伺机将手枪夺过来。

正好出来一只老鼠在墙角探头探脑，林涛看也不看就是一枪，一股血涌出，那老鼠肚皮朝天倒下。郝伟倒抽一口冷气。

林涛冷笑着说，开药铺卖药，我不如你；玩枪，其实你不如我，咱都不想让盒子炮走火。

郝伟以前没很在意这小子，但估摸着来者不善，他有点不知所措。

林涛问，你认定是我偷了你的金银首饰？郝伟无语。

林涛又说，你认定我来老樟树后边就是要刨你刚埋进的诱饵？郝老板依然无语。

林涛把枪别在腰窝，要郝伟拿起手电筒照着。林涛抢起铁锹，不大会儿就挖出一个小木箱。郝伟忽然紧张，头上冒汗。林涛把箱子打开，里边满满的都是金条。这么多金条，就在眼皮子底下？价值是自家首饰的千倍也不止，郝伟大瞪着双眼着实惊奇。

林涛说，日本鬼子欺负到咱头上，在中国烧杀抢劫！是中国人谁不气愤？海外华人为抗战尽力募捐，从上海港上岸时遇小鬼子拦截搜查，才拐弯到咱这儿暂藏几天，今天得运走了。郝老板，你也是有血性的生意人，首饰咱得寻，但咱更得抗日！

郝伟啊了一声，恍然大悟，拳头敲着案桌说，你咋不早说清楚！我恨不得操小鬼子他祖宗！

林涛笑笑说，要不是把盒子炮夺到我手，你那脾气，能让我说清楚？

郝伟立即道歉，声音很真诚，说，大哥，我有眼不识泰山。

林涛把盒子炮关上保险丢给郝老板，说，只要为打鬼子出力，咱都是泰山。不过还得寻寻你丢失的首饰，外贼好防，内鬼难缠，想一想你屋子钥匙谁能接触到，咱柜上没几个人，应该八九不离十。偷小就会偷大，要提防这种人——

郝老板想是了，顺着这个思路，应该能找回来的。但这时他不想去深思首饰的事，想那个事其实没啥，眼下这事大得多，他觉得自己像是被谁推着往前跑，又像是胸口打开一个窗，心里透亮多了，这个"白面书生"，有来头，不简单。

林涛打一个呼哨，随即有两个人跳墙过来，都是中等个头，拎着手枪。其中一个将装金条的小箱抱在胸前。

林涛说，郝老板，打扰了，后会有期。

郝老板拱手道，咱这儿，你们常来常往，恒顺药铺就是咱抗日英雄落脚的地方！

以后的岁月，恒顺药铺暗中就成了3号联络站，为输送物资支援新四军游击队立下许多大功。

老师生病之后

实验中学的学习空气向来就紧张,但这一周更为紧张,因为到星期三就要期末考试了,先考语文,再考数学,还有理化生物等等。实验中学每个年级十个班,班级考试成绩排队向来是全校的重头戏。班级的荣誉和教师的水平能力要靠排队名次来认可。上次高二八班数学后来居上,平均成绩一举跃居全年级第二名,这次高二年级后边的几个班发誓要赶超八班。班主任张老师是数学老师,他既要考虑班上各科成绩,更怕数学成绩落下来,感到空前的压力。平常备课还深更半夜,这一段睡觉就没有超过五个小时,一天到晚是划重点,搞模拟考试,出题,改卷,评讲,还要打探其他同行的密招,刚到星期一就病倒了。

张老师生病,学校着急,学生着急,家长着急,张老师自己更着急。但张老师是甲状腺瘤急性发作,医生说一天也不能耽搁。学校一时也找不到合适的代课老师,好在这一段时间就是复习考试,只好暂让学生自由组织了。

病中的张老师心也不清静,他照常关心同学们的复习情况,特别是几个尖子生的数学复习。眼看就要做手术了,这天他还在病房里避开医生护士,又偷偷召集班干部和数学课代表开会,提出了颇能打动人心的口号:"拼时间,拼体力,拼智力,拼出一个好成绩!排队再跃前位,向家长报喜,向学校报喜,向祖国报喜!"又提出了几项措施,第一是由班长向全班强调这次期末考试的意义,第二是加强上课记录,对迟到的、早退的要及时提出批评,第三是对那些特别爱玩的学生,实行班干部监督制,第四是作业量要加大,分组检查互帮互改。大家都很严肃地表决心,说,张老师,您放心吧,我们记住了。临分别时,体育委员李安又报告了一件事,就是到周三有一个全市青年篮球赛在实验中学的操场举行,肯定对同学们复习有影响。张老师急切要说,又一想,止住话头道,我正生病,不能啥事都操办,这个事你们自己考虑吧!开个班干部会议论一下怎么办,定下来就好。张老师不说,班干部的心里都有些没底,你看我我看你,最后一起都看着张老师,张老师愈发增加了对这些人锻炼一下的想法,说,这个事情,我说不管就是不管,你们自己定。

看几个班干部若有所思地走出病房门,张老师一时有些后悔。他想他们会不会控制不住,让那几个学校的篮球队员抽空跑出去看打球,又想,不会的,他从高一教到高二,深知这个班的同学们主流是勤奋好学的,考试在即,他们还能有看体育比赛的心情?想了一会儿,张老师放心了,但一会儿又想,这次自己生病,这几个人能否发挥班干部的带头作用?班干部对问题生,像差生、爱动的学生,应该一人包一个,一包到底。

张老师是个极端负责任的人,一直到进手术室前,还在想着班里的事。他想,那几个调皮捣蛋的篮球队员,会不会静下心来复习呢?他们的数学成绩会不会落下呢?

考试结束了,张老师也如愿康复了。几个同学来到张老师跟前,给张老师带来了鲜花和全班同学的问候,他们迫不及待想报告这次考试情况,但张老师却沉得住气,先问大家,那天篮球赛你们去看了没有？几个人诚挚地看着张老师说，张老师，教导处也说可以让自由活动，我们就让自由活动了，来了一个干脆的，全班同学统统放假，都去看篮球赛。大家兴高采烈像过年一样！这跟原先估计的大相径庭，张老师变了脸色道，那我安排的模拟试卷……几个人争着接话，谁想做就拿家去做。不想做的就不做。张老师连连拍着床头说，坏了，这次考试肯定考砸了！大家都绷起脸七嘴八舌地说，老师，你猜猜看。老师，你想不到了吧？看张老师瞪大眼睛真要着急，这才绷不住脸一起笑起来说，咱班这次大考，思想特别放得开，总成绩，还有数学都拿了全年级第一！

村主任祖上是翰林

有人钱多了行善，有人钱多了烧包，张大头就属于后一种。近些年他办活动板房厂，发了财，上边也打点了不少关系，肚子挺起来，胆子也壮了，成天领着他那条大狼狗，看人也是斜着三角眼看。

这天张大头又带狼狗上工地。他停住宝马车，狼狗呼地从前门跳下来，撩开四蹄撒欢儿。正好同村的农民张和平，骑着自行车，后座载着七八岁的小儿子，来与工地一路之隔的田里干活儿。小儿子下了自行车，不知高低，手拿一枝柳条，朝着狼狗一晃一晃。那狼狗就汪汪地叫着扑上来。小儿子一边哭喊一边撒腿就逃。张和平刚从自行车上取下铁锹，一看狼狗来咬儿子，挥锹截住狼狗。那狼狗咬得兴起，朝他猛扑过来。张和平一边后退，一边左轮右挡乱拍一气，狼狗脖子被铲出一个大洞，一耷拉头，倒在地上就死了。张和平原也没想到会打死大狼狗，摊开双手喘着气没了主意。

张大头平常就蛮横，一看心爱的大狼狗命丧黄泉，哪里就能拉倒？当时就斜睨着眼珠大骂一场，然后叫手下人上门向张大头要赔偿，一口咬定，这条猎犬是纯种德国牧羊犬，一万块钱买来的，加上精神损失费，向张和平要两万块钱。

张和平靠种地过日子，去哪儿给他弄两万块钱？再说又是狼狗先咬人。可眼下张大头正横，不给钱就一天到晚派人来闹腾。张和平没了辙，只好求告村主任。老主任听了来龙去脉，就到张大头家说事。

老主任上门，张大头面子还是要给的，虽然脸色紧绷，但还是掏出一盒大中华，磕出一根递上。老村主任说，我心肺病厉害，医生不让抽了。说着从自己口袋摸出盒烟，手指捏出一根说，尝尝这个，绝对比你的好。

张大头本不想接，但一看烟卷黄黄的，牌号是不认识的篆字，就说，你这啥烟呀？村主任笑了，顶尖的高档烟，市场上你绝对买不到。张大头接过来叼在嘴上，打了火点着，说，有石灰味儿，还有一点霉味。村主任说，是有些年头了。他连连咳嗽两声，说，哎呀这老了啥都不好啊。张大头说，我也快老了。村主任说，你还有好日子过，咱村数你有钱，给乡亲们办些好事嘛。张大头就说，是的，我打算修整这条路。村主任说，那个回来再说，眼下就狼狗的事，得饶人处且饶人。张大头就说他张和平太欺负人！村主任说，这就不对了，你眼下财大气粗，真会有人欺负你？说到底也是狼狗先去咬人家小孩子不是？我出钱请你们一起吃烩面，这事就扯平拉倒吧。

张大头说，老叔您亲自上门，那我精神损失赔偿费就不要了，可狼狗原价一万块钱，他得给我。村主任说，都算了吧，抬头不见低头见，谁也不赔谁，这事就到底了。张大头就生气，说，这算哪回事儿？我的大狼狗白死了？就该吃哑巴亏？村主任说，我也不知道你吃亏，还是张和平吃亏，乡里乡亲的，真要是谁吃亏，吃亏人常在啊！张大头说，不是你那样说理的。村主任说，您老叔这份面子你给不给？张大头扔了烟屁股说，他张和平不赔我大狼狗，那我就对不起老叔了。村主任只好转身回去，说，哎呀，老了，管不了那么多了。张大头很武侠的双手抱拳道，恕不远送。

后半晌村会计来找张大头，说，村主任可说了，你不要人家张和平包赔你钱也就算了，俗话说，清楚不了糊涂了。

张大头把头一歪道，要赔，这一万块钱他非得给我不可！

会计道，那，村主任说了，你要真不讲情义，那你欠老主任的也得还。

张大头说，啥意思？啥我欠老主任的？

会计说，你吸了人家村主任的烟……

张大头哈哈大笑，道，是的，我吸他一根烟，都有点霉味了，不看面子我还不吸呢！我还给他一根烟，不成给他一条软中华！

会计摇头说，你呀你呀，说得太轻巧！那烟你一条软中华就能还得回来？你又不是不知道，村主任祖上是翰林，陪侍过咸丰、同治和光绪。那烟，他祖上传下来的，都成文物了，一百万也买不来，一盒就那八根，你吸一根该算多少钱？

张大头顿时目瞪口呆，跺着脚说，我上当了！

会计说,啥上当呀?你别讹人家张和平,老主任也不要你的,都不吃亏。村主任说,乡里乡亲的,谁跟谁呀!算了吧!

张大头垂头丧气地说,那——嗨!就听他的,算了。

老　兵

俺县城的摩的一般在县城或郊区跑,很少跑远,但刚下火车的这位老人要去四十多里外的老鸦岗,那里是荒山野岭,不通公交车的。他硬刷刷的头发茬已经全白,稀疏的长眉毛下一双三角眼目光浑浊,穿一身干干净净的旧褂子,步履有些蹒跚。我说,您老这么大岁数了,咋不叫儿孙跟着?老人咧嘴苦笑道,儿孙?我家四代单传,到我这辈儿就断了,没娶过媳妇,哪来儿孙?我说,那个荒岗啥也没有。老人说,我就到那里。我有些奇怪。老人倏尔一瞥时眼光还很犀利,不像是说傻话。但生意上门只要给钱,管他干啥就跑呗。我就说,大爷,现在派出所治安管理,出县城要登记身份证。他抖抖索索从随身带的黑皮包里掏出个牛皮纸折的钱包,翻出身份证交我,我一看名字叫丁根柱,住址是昌南县何寨乡丁屯村,恰巧我表叔家就是这个村的。我到治安亭登记过,将身份证还给他说,路不好走,可能会颠些,您老坐好。老人垂下眼皮没接话。

出县城走一段,就下大道上了曲折山路,不停地上坡下坡不说,还路面坑坑洼洼的,摩的时不时地跳起来。风渐渐地大了,路边的小树折弯了腰,青色的云不知何时扑到头顶,翻滚着涌向东北角。乌云里一道道闪电,隐隐的雷声传来。我说,大爷,不中咱先回去吧?没准儿会淋雨,山里遇雨危险呢。老人看看天说,能走还是走吧,我买过了回程票的,恐怕一等就耽误车了。

其实回也来不及了,夏天的雨说到就到,大雨珠子猛砸下来,天地间哗哗一片响。密密的雨帘顿时淹没万物。路上和四周,立即就是无数条溪流。漫山遍野间,没地方遮雨,只好任凭风雨肆虐。雨小水浅时继续前行,雨住时才赶到老鸦岗。一片荒岭,四处疯长的丛树野草。老人看我。我说,这里就是,前边好像叫岗头。老人说,就是这里了。他抹拉一下脸,脱下布衫拧水。我目光一扫就被牢牢吸引过去。他从臂膀到腰窝,伤痕累累没有一块好的肌肤。肚子上与腰间都有蜈蚣一般狰狞的手术印记,右肩有凹进去的弹坑伤痕,胸肋间到处是弹片伤像一处处蝴蝶。看我呆呆注视的样子,老人慢声细语地说,狗日的小鬼子给我留下些记号。老人眯起眼仰望苍穹好一会儿,才把湿拉拉的布衫重新穿好,认真扣好每一个扣子,拽拽衣裳角,慢慢走到废墟的中心,面向北方肃穆地站立,向着荒野大声呼唤道,团长、营长、连长、满仓、铁蛋、郝勇、水根……我来晚了,对不起你们!早就说来祭奠,一直到今天,我很快就跟你们会面了。他从黑皮包里掏出一瓶酒和一个酒杯,将酒倒进杯子,双手高擎起来洒在地上,连洒九杯,然后深深三鞠躬。老人又朝着东南西北各个方向洒酒鞠躬,他泪水如注,哽咽着喊:大头、家乐、小米、二套、小山、团副、参谋长……牺牲的战友们,咱血战的地方多,兄弟我难以一一跑到,这里给你们敬酒了!声音苍茫在旷野里回荡,我的心被震撼了。

送老人回到火车站,老人给我50块钱车费,我摆摆手不要,

全民微阅读系列

老人硬给我塞进兜里，说，让你也淋了雨，感谢感谢。我忍住泪水说，您一直就住在丁屯村老家？老人说，是哩，能活到现在，知足了。再说，政府好啊，眼下老农民也领上退休金，我一个月就六十块呢！趁老人不注意，我将身上仅有的一张百元大票，偷偷塞进老人的黑包里。然而，这能表达对抗战老兵的敬意吗？

第二天，我专门到图书馆查县志，果然有记载："1943 年 4 月 11 日，为配合 29 师守许昌，我 20 师猛攻敌松井大队，敌木村联队急速赶来意图聚歼我 20 师。20 师 316 团奉令于老鸦岗阻击日军，掩护师主力转移。敌在迫击炮掩护下冲入我阵地 20 余次，皆被 316 团以刺刀手榴弹反击逐出。316 团死伤惨重，13 日晚奉令分路突围。三营八连副丁根柱率该营残部仅 50 余人从老鸦岗西突出重围正转移间，闻南坡枪声激烈，判断团部及一营陷入敌埋伏，旋即率部返身杀入敌重围救援战友，血战至夜半，伤亡殆尽。战后当地百姓掩埋我军尸体，死人堆中仅刨出二人尚有气息，皆重伤昏迷……"

过去了好些天，我心事沉沉一直想着此事，但能做些什么呢？给表叔打电话过去，他说他们村确实有个叫丁根柱的抗战老兵，孑然一身过日子，"文革"里还挨过几场斗争，昨天刚去世，棺木是县民政局解决的。于是我一连几天做梦都是枪林弹雨的厮杀……

小 偷 报 案

他来这个高档小区"摸篓子"——这是行话，也就是踩点，至少也五六次了，早把情况摸得透熟。其实不摸也知道许多别墅空置，房主即使过来也在晚上，个别白天有人的，他们要在傍晚出去吃大餐。所以下午五点到八点可谓黄金时间段。今天傍晚他该"工作"了，他的工作就是"抠门缝"。俗话说艺高人胆大，一个摄像头，他不到一分钟就掐断，打开一个防盗门不过几秒钟功夫。他抠门缝是"过笆子"——预先瞅准目标挨门进。这些别墅虽常年空置，"水儿"照深，凡是过来者，皆是坐着豪华轿车，搂着光艳照人的年轻女人，因此里边应能"捡钱"的。"捡钱"也是行话，大家一听皆知意思。

一连过了几家，手气尚可，总算起来也"捡"到了厚厚一沓钱。他要发展战果，又进了这家傍着小湖的豪华别墅。还没有来得及开保险柜，听得外边脚步纷乱，接着防盗门响，脚步响进了客厅。他急闪进二楼书房，杂乱的脚步声又跟过来。难道被发现了？他打开一个小柜把自己勉强塞进去。外边却哗哗啦啦打起了麻将。他正在紧张思索逃路，一会儿门铃响，又一阵脚步声过来。还有嘻嘻哈哈的笑声，什么侯总王总的寒暄一阵。只听那个侯总说，麻将不过瘾，推十点半！几个人都赞成说推！于是在另一张现成的桌子上推十点半。一会儿门铃又响，大约是来了有身份的人,大家都迎出来,听得出来人有的熟悉有的不熟悉,互相介绍姓名,这场面就有些乱,边寒暄边涌过来。

小偷看准这是个机会,把柜门推开一个缝儿观察一下,蹑手蹑脚出来掩身门后,等人们乱纷纷坐下,就拉一张椅子站后边看打牌。看的人颇有几个,倒也没人怀疑他。在这里推十点半是每局输赢不兑现,都是在一张纸上记录。但每一局输赢都引起人们的哄笑谈论,烟气缭绕如雾,看得人脸有些变形。

半夜,那个侯总还有几个人有了什么事走了,走前都在刷卡机上刷卡算账。几个人往外走。小偷连忙跟着走,不由回过头又朝牌桌上看一眼。

就是这一眼坏了事,坐在朝门口的这位王总手里四张牌已经10点,庄家刘总发牌,手里正好有一张红桃K——半点,起到手里就是十点半"天王",能赢得五倍底注。但是王总犹豫不决,错失战机,结果被下一家要走弄成五张"花脸",王总只好认输。小偷也为之叹气。他正往外走,肩膀被谁拍了一下。他吓一大跳,冷汗出来了,但对方却并非歹意,说,段总(把他当作段总了),你顶场,我到家有些事。

当然他也可以不答应,趁此走掉拉倒,但说到底他也是推十点半的能手,虽说只玩过小打小闹的,但大街小巷试身手向来赢多输少,今天心里直痒痒。于是他就势坐下,开始还小心谨慎,唯恐别人识破庐山真面目,但几圈下来连战连胜,兴奋起来,甚至想着要是这个行,今后转行来干这,远远强似自己"捡钱"的勾当。但是天有不测风云,到夜里两点之后,他当了庄家输,当闲家也输,想大赢,总是功亏一篑。再后几圈,他简直起不到小牌,一起就是七八九点。他知道手气臭了,得赶紧刹车,但刹车自己铁定赔钱，自己辛辛苦苦"捡"的钱再奉献给他们？得捞！于是越陷越深。最后也说不准自己究竟输掉多少。黎明时收场，他垂头丧气，把辛苦"捡"来的几万块钱掏出来拍在桌上。谁知道一起赌的人都哈哈大笑，其中一个道，开什么玩笑！零头都不够，拿卡来！他哪有什么卡！几个人拿起记录的纸算账，他输掉了八十多万！他想朝门口冲，但一看不知啥时候门口站着两个大汉虎视眈眈。他冷汗直流，心虚地说，各位老板，我，我真不是场上的人，我是小偷！几个人又大笑，想冒充小偷！不管用！欠债拿钱！没钱拿命抵！

他知道大事不好，突然飞奔向阳台，从阳台上拼着命跳下二楼。他知道里边的人要来追，大院的保安肯定也围堵，自己死活就在这一瞬间。情急之下他拿出手机慌不迭拨打110，高声报案：东湖别墅区66号别墅，小偷报案！生命危险！

寻找向前进

作为一个老师，没有比学生争气更令人欣慰了，虽然我只是代课教师，但一看见向前进满心都是喜欢。向前进去年从山区转学过来，刚来时成绩靠后，可不到半年，语文数学成绩都成了前几名。他虚心好学，又勤快真诚，交代他的事总干得出色。我想让他当班长，他说他娘来表叔家当保姆，才随着转来上学的，现表叔往省会搬家，不用娘了，他很快也得跟娘回老家。我一听很觉遗憾。这儿是县城的重点小学,回到山村肯定条件差,这么优秀的学生可惜了。但我能有什么办法呢? 我就给他讲几个出身贫寒坚持上学长大有出息的事例,向前进虽不说话,但很认真地听。

分别的时候到了,我拍拍他的肩说,学习材料我给你寄,一定要坚持学习,名字不能白起,要真的向前进啊! 向前进只喊一声老师就哽咽起来,泪水顺着脸颊直流,好一会儿,他才手背擦脸,点点头。

我兑现诺言,每有复习题与考试卷,还有新书、练习册,都照着他留的地址邮寄过去。向前进也把他答好的卷寄过来,我一看,字体有些退步,但做得都正确。我红笔批改过,在卷子上打上大大的 100 分,再寄回去。

代课属于临时工,终究是不安稳的。虽然学生和家长都说我教得好,但到下一年我还是被裁减下来。我得另外找工作。亲戚托人为我介绍去深圳打工,我让等一段时间,闲来无事我更想向前进,得到他那里看看,也算是一种心情吧。但怎样跟向前进联系呢? 他既无电话,又没手机,我只好贸然前去。

我乘大巴过去,到站下车走十几里路才到向村。淡淡的日光洒在山坡上,因山就势高低错落建筑的石壁房还有土房都掩映在树丛里。我先打听学校,在村后找到了那座老式房子。窗上塑料纸已经发灰,墙上红漆写的"向村小学"已经模糊,屋内外寂静无声,久经风雨的屋门上一把铁锁。难道学校停办? 我失望地走开,下到村口,正好碰到一个开手扶拖拉机的小男孩,看个头你就不敢相信是他开动的,但确实是。他停住拖拉机好奇地朝我张望,发动机突突地响着。

我趁势问,小朋友,你村的向前进在哪里? 这个小朋友说,向前进？我就是！他指着我带的包裹问，老师，那包裹里是？我摆摆手让他走，自己也快步向村里走。敲好几家的门，都没人应声。听说过这一带打工的多，村里人难道都外出了？正在迷惑，一个女孩歪歪斜斜地骑辆旧自行车过来，穿着不合身的白底红点点布衫，后座挎着一个布袋。她停住自行车看我。我向她打听向前进家。女孩答，我就是向前进啊。

我生气了，说真是的，向前进是男孩儿，女孩儿也跟他重名吗？我抬脚就走，想尽快找到向前进。这个女孩又说什么，我也没听清。

我出门继续打听，又走进一家院门。一个大娘正弯腰往锅里添水，吭吭地咳嗽着。两个三四岁的小孩在哭闹。大娘告诉我，向前进跟他爹妈去深圳打工，具体地址你晚上去学校问。我好像被猛击一掌：晚上去学校？那个铁锁封门的学校？

山村的夜来得特别快，又特别的黑。我摸索着走向学校，到那座屋外，就听到了朗朗的读书声："江南好，风景旧曾谙……"我打开门，一幅奇妙的图景，十几盏小小的柴油灯，课桌上俯伏着认真的小学生，旁边有三两岁的小孩，还有几只狗卧在一边。我问，白天不来学习吗？他们七嘴八舌：要干活，做饭，带弟弟妹妹……我问，你们老师呢？他们齐答，打工了。我问，知道向前进的地址吗？大家齐答，我是向前进。我上前看，课桌上摆着我邮来的书本和试卷、作业，名字果然写着"向前进"，一笔一画写得好认真。我明白了，向前进打工前把我的希望传给了他们。我问，那些回信是你们写的？穿白底红点点布衫的女孩说，我，还有铁蛋、顺子……老师，我们都是向前进，你说行吗？我心里一热：向前进就是他们对上学的渴望，向前进就是他们学习坚守的象征,尽管很难很难。我无言地退出,他们都恋恋不舍地看我,几只狗也挤过来摇尾巴。我突然想起,顺口问,你们这里的狗为啥不咬我呢? 他们齐声说,因为您是向前进的老师呀。我无语,心却在颤动,许久才说,我留下来,和你们在一起好不好? 他们呼一下围过来……

勇 者 老 赵

老赵自觉不是勇者,但偏就干了一件勇者的事——带头同歹徒搏斗负了伤。更叫人拍案称奇的是,整个大巴的乘客都被他感动,一起出手斗歹徒,演出了一曲集体英雄主义的颂歌。老赵还在医院急救室时,此事就通过媒体像闪电一般传遍全市。市领导批示要大力弘扬这种英雄主义精神,要进行表彰,要搞好后续报道。市委宣传部召集有关媒体,就此事进行专题研究,并且一直跟医院联系。过了两天,医生说老赵身体恢复能接受采访。主管部长立即带着记者急急地赶到医院。

大家向老赵表示慰问,让他看报道的报纸,并传达领导指示,说要搞好后续报道,弘扬英雄主义精神。

老赵左手还输着液体,用绑着纱布的右手,拿起那张报纸很认真地看了一遍,期期艾艾地说,可不敢弄假的呀,弄假的叫人捣咱脊梁骨。

部长说,咱这不都是真人真事吗?

记者也奇怪了，指着报纸说，咱核对核对，有哪一点不真实？第一段，写长途客车正要发车，有四个人匆忙地跑来上车，到车厢内分开，分前后站那里，来者不善。车刚出城南，那个猪腰脸一使眼色大喊一声都不准动，四个人一起动作。矮胖子先朝在司机座后边坐的马尾辫伸出了罪恶的手。这事真不真？

老赵说，真的，真的。

记者说，马尾辫吓得一愣怔，钱包被抓出来，这个真不真？

老赵说，真的，真的。

记者说，在门口坐着的体育局局长赵卫国——就是你，飞一般扑过去，一下子将那个矮胖子掀翻到地上，这个呢？

老赵扑闪扑闪眼，使劲回忆着当时的情景，说，真是那样的。

记者说，那个猪腰脸，唰一下抽出匕首，朝着你心口扎来，你一躲，扎在胳膊上，鲜血直流。正危急时刻，整个车厢响起了雷鸣般的吼声，好像接到了紧急命令一样，全车旅客一起行动，奋不顾身地冲过来。那几个毛贼没想到，这里的旅客会这般众志成城……

老赵笑笑说，真是那样的——那几个毛贼三下五除二就被死死地按在地上，其中一个直喊饶命。大家抬我上救护车时，毛贼还浑身发抖呢。

记者说，是呀，我和警察一起到的现场，属于第一时间吧，现场抓拍的照片又没有任何造假，回去就赶写的新闻稿，咋会不真实呢？

老赵说，这些全都真，实实在在，都是真的。

领导说，你作为一个领导干部，在人民生命财产受到威胁的关键时刻，勇猛出手不怕牺牲，为社会铲除一个毒瘤，表现了维护社会正义和全心全意为人民服务的钢铁意志。一车乘客同时发声,表现了全市人民敢同邪恶势力斗争的精神⋯⋯

老赵愣怔了一会儿道,就是这一点,就是这一点! 这一点写得有点不太得劲。

部长与记者都迷惑,问,这篇报道每一处都真实,这一点有啥不得劲?

老赵说,写的哪一点都真,就是还有两点遗漏。第一呢,这辆大巴共拉客 54 个人,除了四个毛贼,其余 50 个人里有 36 个人是俺体育局组织的——组织去万弦湖旅游。这 36 个人里,有 3 个人是武术培训班教练,24 个人是武术班学员,其余是体育局机关干部。第二呢,车匪第一个下手的马尾辫,就是俺局培训科干事赵秀珍——我的独生女儿。说实话,她就是我的命,也是俺全家的命,她受到威胁我会不往前冲? 实事求是地说,不是啥见义勇为,说是父爱还差不多。再说平常我威信也不低,单位一把手的女儿,也是他们的同事受到威胁,全局的人谁能坐得住? 还有,那三个教练里还有全市散打比赛的冠亚军呢! 先不说他们抓几个小毛贼是杀鸡用牛刀,要是不出手,他们的社会声誉还要不要?

大家都愣住了,半晌才说,原来是这么回事啊,可是,可是⋯⋯

他说,你们不是要搞后续报道吗? 这两点一定加上,要不,咱心里不踏实呢。

大家都恍然大悟。部长说,老赵呀,你真是个勇者! 他挠着头喃喃自语道,可这后续报道该咋进行呢?

淡 化 喜 悦

从北京回来的路上，他一直激动。

他的中篇小说《蚬》获得了全国文学奖，领奖后又被中国作家协会吸收为会员。这是他的家乡多少年都不曾有过的荣誉啊！他恨不得一步跨进村，让老婆孩子和老爹老娘都看看他领的获奖证书和会员证。至于这个会员的价值，当然也得跟上过私塾的大伯唠唠嗑。

在县城下了火车，他就登上一辆开往自己村方向的小公共汽车，偏巧是姨表哥坐在车门口。破旧的汽车摇摇晃晃地起步。姨表哥一迭声问他从哪里来，这正好给了他宣泄喜悦的机会。他尽量谦虚地将自己中篇小说获奖和被吸收为中国作协会员的事儿讲讲，当然也免不了露出一点儿得意。哪知还没讲完表哥就用高八度的音调大喊大叫："咱俩一模一样！咱俩一模一样！先获奖，再入会！"

他听了不由一愣，脑瓜里连忙搜索在哪个文学刊物上见过表哥的名字，想了半天不得其所，认真问起来，才知道表哥加入的是"中国谜语协会"。一个穿着皱巴巴西装的兽医，笑眯眯地拍拍腿边的兽药箱说："要说一样，咱仨都一样。我也是先得奖，后入会哩。"原来他是"中华歇后语收集协会"的会员。

这些对话引起了车里不少人的兴趣。一个驼背的中年人是省粮食储藏协会的,还掏出红本本说自己是连续几届的理事。一个身材粗壮的络腮胡子是"亚太地区白萝卜种植协会"的,还跟小儿子一起到青岛参加过协会组织的大会。又有一位胖乎乎的老头儿自豪地接上了腔:"要说协会,俺一家人都是协会会员!俺跟老伴儿在老年人协会,儿子在造纸协会,儿媳妇在计划生育协会,小孙子也在会哩,在少儿书法协会。"连司机也不失时机地接一句:"俺也在协会哩,个体劳动者协会!"

那边自报家门的活动还没停止,这边争辩协会优劣又起高潮。表哥用他那一贯清亮的男高音大言不惭地喊:"要说协会,最难加入的是中国谜语协会!猜谜语最能检验人的智慧水平,智商低的人绝对进不了谜语协会!"那位驼背不服气地瞟了表哥一眼,慢慢地说:"经济是中心,农业是基础,现在光小麦储藏咱省每年浪费几十个亿!俺研究这粮食储藏该有多重要!哪个协会也没粮食储藏协会重要!"

一会儿争论的重点又放到全国协会会员大、还是省协会理事大这上边。有的人说能入全国协会说明达到国家的水平。有的人说省协会理事是省协会的领导班子成员,不是全国协会会员能比上的。络腮胡子声嘶力竭喊起来:"再大也大不过联合国!俺这白萝卜种植协会是国际的哩!就跟联合国一样!会长是咱中国人,你们说咱自豪不自豪!副会长还有美国人还有日本人!俺这会员还比不上你们省协会的理事?至少比得上国家协会的理事!"大家各不相让舌战起来,一直到他下车时激烈的争辩都没有结束。

进了家门,他才发现原来准备炫耀一下的念头没有了。见到爹娘和老婆孩子,他只是淡淡地说从省城回来了,连那两个硬皮本都没有拿出来。

豹 花

四爷说："腰窝四枚白花花的钱印，叫豹花，凶得很！野得很！"

七叔却只管向沟沿俯下身去。喜爱的光彩，从七叔双眼密密地飞泻下来，厚厚实实罩住那狗。

那狗依旧侧卧沟底，仰了头冷冷瞅七叔。

大家都晓得，七婶下世后那黄面饼就当巴娃的奶汁，人们都惊讶地瞄七叔。七叔只管掰着黄面饼抛下去。

那狗伸伸血淋淋的前腿，发出呜呜的警告声。

第二天下午，已不见那狗的踪影。在七叔悠悠的喊声里，它终于从山顶蹒跚而来，吃完七叔带的烤土豆，便蹭七叔的腿，却不肯随七叔回家。

七叔眼里透出失望，夜里钻赌场，赌得狠。白天锄禾歇息时也赌。那年夏天少见的闷热，凉荫下一群人赌瘾大发。四爷押上鸳鸯剑，七叔押上三间草屋，二蛋便押上自己的老婆，赤红着脖子上场。三局下来，二蛋软软地低下了头。七叔扛起二蛋婆娘走向树丛，忽觉甩动的左手腕被箍住，一看竟是豹花拽他。七叔顿时悟出点什么，忽又觉得肩上的女人小腹好柔软，热血涌动起来，飞起一脚踢豹花，却连同女人摔倒在地上，荡起一片哧哧的笑。七叔恼羞成怒，伸手去抓地上石子——七叔的一手投石子技术名不虚传。豹花一声惨叫，朝山顶箭一般逃去。

这日呼呼起了大风，刮来倾盆大雨，凉气舒舒地围上来，正是赌的好时光。七叔的茅屋里人圈成环，片刻便红了眼，喧嚣一片，连巴娃屙尿都没人管。

忽然外面狗叫声汹汹一片。没多大工夫，七叔的屋门被哐地撞开，浑身淌水的豹花直冲进来，衔了七叔的裤腿就往外拖。七叔圆睁双目猛踹一脚。豹花呼地蹿上去，七叔哎哟一声趴下，血从左臂流出。众人惊叫声中，豹花早已衔住巴娃跃出门外。

众人怔了半晌，才发一声喊争着追去。各人顺手抄了家伙，夹着猎枪，直追出村外二三里远。七叔看着接近，右手捏紧了石子儿，嗖的一声，雨地里一道青色的弧线。豹花丢下巴娃，一个跟头栽翻。四爷的乌头铳暴响，白的红的从豹花左耳下汩汩流出。

天和地猛然拥抱在一起晃动，融化成一团轰隆隆骇人的巨响，烟尘顷刻间弥漫封闭了宇宙。

四叔们一个个口张得溜圆，许久，才哭着嚎着向山村疯狂地跑，可哪里还有村落的影踪？强烈的地震，将村子深埋在滑坡的土石下。四爷、七叔、二蛋……跪在地上，滚在石上，下十个手指头去挖，磨掉了指甲，血迹斑斑，等到浑身乏得无一点力时，才忽觉全是枉然，又顿时明白了豹花，蠕动回豹花的身边，连那小小的巴娃，也一同抱起渐凉的狗尸哀哀地痛哭。

混混沌沌不知过了几多日夜，一位背猎枪的大胡子猎人从深山区来到这里，向四爷和七叔打听一条豹花儿种的猎犬，说前腿带有枪伤。七叔木然地转身，双眼盯住那新立的石碑“豹花之墓”。大胡子猎人不要命般扑上去，许久才哭出声来，滂沱的老泪里隐着又一个伤心的故事。四爷陪着泪：“豹花太精明，精明难存身啊！”七叔长喊一声“豹花啊！”他颓倒在累累岩石边。

流行感冒的终结

他在这个地方的国营果品公司干了几十年,一直干到60周岁,因年龄到"线"才从总经理的位子上退休下来。

他文化水平不高,许多新概念新名词搞不太明白,不过他只要学到新东西就能举一反三用于实践,就凭这一点儿,他觉得他应该干到70岁。

比如,"流行感冒"就是他学来的"秘密武器"。"流行的东西都是好的?难道流行感冒也是好的吗?"这话好有力度!他不记得是从哪里学来的,但自从学来之后,每每在关键时刻就能起到关键作用。

以前有段时间这个城市流行长裙子,他们公司许多女青年都抢着买来穿。他在组织公司职工学习时就亮出了"秘密武器":"当下长裙子是流行,流行的东西都是好的?难道流行感冒也是好的吗?"第二天他满意地看到,公司里的长裙子一件也不见了。

以后又有一段时间这个城市又流行跳舞,下班后青年人争先恐后地涌向公园和体育中心的露天舞场。他就在公司大会上讲了:"当下跳舞确实流行,流行的东西都是好的?难道流行感冒也是好的吗?"于是他们公司的跳舞热立即降了温,有青年想去跳舞也是像做了贼般偷偷摸摸的。

后来这个城市还流行过打牌"斗地主",流行过电脑游戏等,每次波及他们公司，他总是用"难道流行感冒也是好的吗"的话迎头痛击，他觉得也总有效果。

他退休之后，最令人憋闷的是没地方讲话，孩子们工作的工作、上学的上学，都难得来家。老伴儿不是围着锅台转就是去公园扎堆，只知道柴米油盐，给她甩"秘密武器"简直是对牛弹琴。正因为这样，听小儿子海涛电话里说暑假来家住几天，他退休以来第一次感到高兴。

但海涛来家后他大失所望。海涛并不想跟他说话，就是低头抠着手机玩微信，坐椅子上玩，坐沙发上玩，躺床上玩，上卫生间也玩。盯着手机专心致志一盯就是好几个小时。他说，儿子，你就光会抠手机！海涛说，流行微信呗，现在谁不玩！他气不忿嘟囔一句，你跟手机跟微信过！就别来家！但海涛没听清他的话，可能是玩太累了，站起来伸个懒腰，嘴里就哼歌，又是"西边我的美人东边黄河流"，又是"爱啊爱——我驮不动你的真爱"。以前在位上忙于单位公事，没想到这小子竟变得这个样。

他正在东思西想，外边又传来海涛"九妹九妹亲爱的妹妹"似喊似叫的歌声，听起来特别刺耳。他再也忍不住了，出来大吼一声，唱的是啥东西！海涛吓一跳，回过头道，你咋了？哼流行歌曲呗。他一下子想起来那"秘密武器"最初就是批判流行歌曲的，就痛快淋漓地吼道，流行微信！流行歌曲！流行的东西都是好的？难道流行感冒也是好的吗？

话说完他想海涛一定蒙了。谁知道海涛不屑地撇撇嘴，错了！他不解地问，谁错了？海涛说，你几十年公司经理咋当的？分不清主观和客观，不知道主动和被动。嘿！老爸呀！我给你讲，流行歌曲，人是主动的，是很多人喜欢才流行的；流行感冒，人是被动的,患感冒的人对感冒是讨厌痛恨的,咋能混为一谈?

大学生滔滔不绝讲起来,好似对他上政治课,他想反击却没有了"秘密武器",觉得憋得慌,便大叫一声,真他妈的流行感冒!

谁 最 亲

我们家最该孝敬的是姥姥。可怜的妈妈生我的时候就去世了,那时哥哥五岁,姐姐才两岁。我们姊弟几个都是姥姥带大的。至于我,更是在姥姥的怀抱里长大的。所以,接姥姥来我家住的时候,父亲就说:"你们几个,谁不好好孝敬姥姥才愧疚呢。"

这次出差大半个月,进家门时,我才蓦地想起没给姥姥捎礼物,其实出门时我原是记着的,但项目日程安排得紧,一忙,便忘掉了。

其实,谁不想让姥姥多享享福呢?大哥刚上任万新公司副总经理,忙得连轴转,可也没忘专门来看望姥姥,还给姥姥买来纯棉衣裤,老年人布鞋,当然还有补充营养的蛋白粉,西洋参片和深海鱼油丸。姐姐是市医院的呼吸内科主任,责无旁贷地担当了为姥姥体检的任务,她每次来都没空过手,除了老年人的按摩椅,还有牛奶、水果,还有姥姥爱吃的狗不理包子。只有我……嗨!我咀嚼着父亲的话,直捶自己脑瓜。

推开门,妻正在家,用眼睛问我捎来些啥。

我愧疚地摇摇头说:"嗨!真是的!一忙给忘了。"又问:"姥姥呢?"

妻子示意让我小声,悄悄说:"午觉还没醒呢。"

可是姥姥醒了:"小良子回来了?"

"回来了。还早呢,姥姥你再睡会儿吧。"我不愿意空手进去。

"小良子,你走时我忘给你说了。算卦的说你三十六岁上不能往东南方向去,你眼看着就三十六了吧?"

我今年周岁三十四,但姥姥说的是虚岁,虚岁也不到三十六呀。姥姥这样喊,让人听见对我影响不好,我忙跑进姥姥的卧室。

姥姥正颤巍巍地坐起,我忙上前扶住她,柜里柜外满是哥哥姐姐买的东西,看得我脸热心跳。

姥姥伸出枯瘦的手抚摸我的头,说:"你小时候,又调皮,又拗犟,那一回尿尿,你站在炕头上不下来,我用盆接你还不依,非往被褥上尿不可……"

听这些有什么用? 我偷眼看手表:三点三十六分。我到家还没冲个澡呢,还想跟经理汇报一下海南之行,抢到一起出差的老侯前头。还有,得赶紧打听人事部经理老婆生了没有,准备着送个什么礼品,这也关系到我的升职。可是望着姥姥那蠕动着的干瘪的嘴唇,混浊而又慈祥的目光,我又觉得迈不开腿。唉,再坚持五分钟吧!

"你看,那一箱是你姐拿来的鸡蛋。都说现在鸡蛋大,哪有我那喂的芦花大母鸡下的蛋大? 那十来只芦花鸡,一天就收七八个。再说,眼下时的鸡蛋都没有鸡蛋味儿,木不登的,都是叫饲料给害的! 早先的鸡蛋腥气大养分也足啊……"

姥姥絮絮叨叨地说起来。我看着姥姥皱纹满布的老脸,用力表现出一副认真谛听的神情,不时点一下头,嘴里嗯嗯着,但心里却如火煎熬。我偷看一下表,已经三点五十八了,我的事情都耽搁不得,冲澡只有待晚上了,现在是顾不上了。我得赶紧设计离开的办法。

"姥姥,听您说话真有趣儿——"趁姥姥一个说话的间隙,我急忙插话,准备绕着弯子说离开。

没想到这句话打动了姥姥的心,她满怀希望地重复我的话:"有趣儿? 小良子,你说我说话有趣儿?"

我说:"是的姥姥,听你说话真的有意思。"我打算再奉承几句就离开,可没容我后边的话出口,姥姥一下子抓住我的胳膊,纵横的老泪直从面颊上滚落下来。她呜咽着说:"真是,还是我的小良子好! 都是忙,成天忙,他们都没人正儿八经听我说句话哦。还是小良子最孝敬我……小时候真没白亲你啊!"

岗 地 白 光

村里来了风水先生,是个二十多岁的毛头崽,村上老少爷儿们都有些看不起他。只有保柱从人窝里挤到前边,叫看看他的宅院。风水先生在众人簇拥之下瞅了半晌,慢条斯理地讲:"一根独苗高中生,三万块钱扔水中,生来脾气就倔强,正跟头头闹汹汹。"

句句是真,惊呆了密匝匝的一圈子人。保柱租赁村南岗地建腐竹厂,和村里订好了租地合同,又跟外边订好了供货合同,交纳了机器预付款,可村主任又要用岗地迁坟。保柱捏着合同到乡里县里反映,半年多也没个结果,眼看着三万块钱赔进去了。这么一说,许多人当下就服了风水先生,请他看宅看坟的人越发多了,而他也一个个宅院说得透儿准。"神先生"名声在大街小巷流传。

日落西山,风水先生执意要归,村主任老婆不知从哪里钻出挡在他的自行车前。风水先生便跟她来到岗地。村主任老婆不悦地回头,杂乱的脚步声便停住,十多个好奇的村人悚立在十几步外。风水先生手搭在额头,目光如剑从岗地中央穿过,聚在东南角好一会儿,才神色肃然地回头:"大嫂,我分文不取,因为全无破法。你可要我直说?好!你听着:东角见白光,病灾满四方,半点不小心,顷刻见阎王。"

众人快意而吃惊地喊喊喳喳地议论起来。在村主任老婆落荒而逃的身影后边,保柱脸上浮现出阴冷的笑容。

两个多月后的冬季,保柱从乡医院回来,从拉客的农用三轮车上跳下,从重新变得静悄悄一片的岗地旁边经过,脸色苍白,脚步缓缓地往家走。村里的人远远地望着他指指戳戳。胡同口迎面碰上他小学时的同学铁头,铁头竟然折转身就跑,跑了好远才惊惧地回头:"保柱,岗地用不得——东角见白光!"

保柱的额头上青筋蚯蚓似的蠕动,愣了许久,才对着空空的街道大骂:"滚你妈的!"

老父亲磕磕绊绊地出来了,浑浊的双眼忧愁地望着他说:"保柱,咱家就你一棵独苗苗,你娘去世得早,你可,你可……"

保柱疲惫地说:"爹,你放心。"

老父亲说:"我咋能放心! 给你说多少遍了,岗地不能用,你就是不听。咱村都没人去那里干,你又去外头招人,看看出事都跑净了不是? 东角见白光哇!"

保柱有点不耐烦地说:"爹,那是信口胡诌!"

老父亲急得喊起来:"到啥时候了,你还这样说! 造孽呀。要不见白光,你岗地那厂里锅炉会爆炸? 炸伤这六个人就是医院都看好,咱得赔进多少钱! 栽这么大的跟头你还不回头?"

保柱说:"爹,正是村里在传东角见白光的胡话,又传到厂里,锅炉工晚上不正常值班才出事故的……爹,我咋着也得挺过去。"

老父亲哀求道:"保柱,再别回岗地了,村主任还惹不起那风水,咱哪敢拗着脾气蛮干? 东角见白光你不信不中啊!"

保柱心烦意乱地挥起胳膊大喊:"哪有啥风水先生! 那是我高中的一个同学,我请来的! 给咱村人看风水看得准,那是我预先告诉他的。东角见白光,那还是我给他编的词儿。要不然我办厂能用上岗地?"

老父亲的脸上显出凄惨的灰白:"保柱你编排这些谎话干啥? 人家风水先生的话句句显灵啊! 难道那锅炉是你自己炸毁的不成? 岗地你不松手要是万一……我还咋活呀!"

"扑通"一声老父亲颤抖着跪下了! 保柱忙不迭去扶起老人,却觉得自己一口气闷在心里,眼前金星乱冒,直通通地栽倒在地了。

村里连天都是汹涌澎湃的舆论声。保柱躺在乡医院的病床上,凝注着输液瓶里的黄色药液,心里在苦思冥想:如何才能冲出这恐怖的"岗地白光"……

红衣少年

"师傅,请问到江农矮败小麦育种技术创新中心从哪里走?"自从傍晚到江城,这句话我快重复一万遍了。

我记得表哥说过在江城东郊。可等我坐九路末班车到东郊终点站后,却打听不出来。这里很少有出租车,好不容易招了两辆,司机都说没听说过。这里的地方话,叽里呱啦不比外语好懂。路上行人又不肯停留片刻,总是一边答话一边匆匆而过,有的干脆摆摆手走开。天渐渐黑下来,我急得心肝冒火。我是出差路过这里,有些事情需要找表哥谈,可我并不知道他的电话,明天还要赶赴广州呢。正在此时,我一眼瞟见这位穿红衬衫的少年,大约十五六岁,我不抱什么希望地随便问一句:"小师傅,知道往江农矮败小麦育种技术创新中心从哪里走吗?"

这少年微笑着定定地望我,然后便用带地方腔的普通话回答:"我知道的,绕大道要十几公里呢,不过钻这块小树林过去,只有五六里路。"

"路好走吗?"

"路还行,就是要拐几个弯儿。出小树林先向左拐弯,走二百米到一个交叉口就向右边第二个路口走,走过一个超市再向右边拐弯,进去旁边有个小药店的胡同……"

我顿时感到为难:"拐弯这么多呀!这路太难摸了。"

那红衣少年迟疑了一会儿，说："走吧，我带你过去。"

"太好了！谢谢！"

于是我们从密密的小树林穿过，出来果然拐好几次弯。红衣少年是轻车熟路，要不然我一边打听一边走，就是不走错路，至少也得多费半个小时。到了地点，这位红衣少年又帮我打听麦哥的地方，一直将我带到麦哥住宅楼的门口。我心里很激动：天保佑我遇到这位少年！在向雷锋学习的年代里，这不算稀罕，可现在委实是凤毛麟角了。我热情邀请他一同进去歇歇。

少年抽回手，微笑着说："天不早了，我该回去了。"

我只好恋恋不舍地向他道别。

少年又望着我："师傅，您还没付报酬呢。"

"报酬？还要钱？"

我猛地一愣，胸中激情从沸点降到零度。

"当然，一开始就该给你讲清。不过，你也该先问问价钱呀。"

"那……多少钱？"

"不是顺路，这个路程，我们这儿有行情的，十块钱吧。"

我有些不情愿，甚至像被劫了路一样气愤，打开皮包，抓出几张零钱凑够十元给他。

表哥的热情冲淡了我心中的不快。我们一边吃饭，一边谈论着这件事。表哥不客气地批评我说："你没多费钱。就是出租车司机知道路，到这里也得十几块！如果是有人请你带路，给你十块你愿不愿意步行来？再说，不是巧遇这个红衣少年，说不定这次咱俩就见不了面。"

正说得热闹，忽然门被怦怦敲响："刚才来的那个师傅还

在吗?"

　　我和表哥一齐出去。又是这位红衣少年,还骑了自行车来,胸膛起伏着。

　　"刚才您交钱时,把这张特种钢的提货单也夹在钱里给我了,我怕您急用,赶紧送来了。"

　　顿时我脊梁上汗涔涔的。这提货单若到坏人手里,还得了?我握住他的手连声道谢。

　　"师傅,我是到家后才发现的。我家在城郊李村,比市区到这儿还要远几里地。"

　　我立即明白了:"多少钱?"

　　"骑车要省力些,还十块钱吧。不过你给钱时我没有认真看,也负有一半责任,所以只应收你五块钱。"

　　我没有零钱,表哥掏出十块钱递过去。红衣少年挺认真地找回五块,然后掉转车身跨上去,一会儿便消失在朦胧的夜色中。

　　我伫立在那里,心中有一种说不出的滋味。

灰灰的脖圈

　　是前年春天二舅为灰灰特制的,铜环外裹绒布,灰灰锁上它更显得威武潇洒。

　　灰灰是我姥姥家那只神奇的狸猫。

　　去年婷婷家东厢房粮仓闹"老鼠精",支夹不上,放药不吃,咬破了鼠笼的铁皮,还咬伤了院里乘凉的婷婷的胳膊。捉了婷婷大伯家的大黑猫放进去,半夜里只听它叽喵叽喵地惨叫。人一开门,它惶惶逃出,原来被咬掉了尾巴,后臀上也有个血淋淋的窟窿。

所以当婷婷家的人来抱灰灰时,姥姥有点儿担心。二舅说不碍事的,姥姥就催二舅到婷婷家,挪一口带石板盖的大缸到粮仓里,说灰灰战败了可以躲到上边去避难。

第二天一早,姥姥全家人就急急地赶往婷婷家。打开粮仓门,却见灰灰卧在玉米包上呼呼地睡觉,旁边地上有一张带着鼠尾巴的湿淋淋的鼠皮。灰灰腿上只有两处轻伤,姥姥抱起灰灰要走时,婷婷的妈妈忽然惊喊起来。原来玉米包后边的空地上,并排躲着七具鼠尸,都是被咬断了喉管,一律头朝着南山墙,个个膘肥体壮,最大的那只,加上尾巴足有半米长!

我每次到姥姥家,姥姥都要给我讲灰灰的新"事迹":坑里捕鱼,树上逮鸟,当街里一爪抓烂大黄狗的鼻子,老坟里咬断毒蛇脖颈……灰灰的传奇故事很多。

我自然也无比宠爱灰灰。今年春天我又到姥姥家,晚上去睡觉时,灰灰正从床上钻出来。脖圈挂住床下塞的那把烂竹椅钉子,拖得竹椅哧啦啦响,我跳下床给它松开,忽然想起一个问题:"姥姥,把这沉乎乎的脖圈取下吧?"

姥姥惊奇地说:"看你说的,灰灰从小戴脖圈,戴脖圈它舒心着呢!"

我说:"取下脖圈它不是更利索?"

姥姥便生气了:"戴着脖圈它没咬死老鼠精。"

我吐吐舌头不再做声。等姥姥打起软蒙蒙的呼噜,我便爬出被窝,去掉了灰灰的脖圈。

可是没有一顿饭工夫,姥姥就醒了。因为灰灰跳来跳去一声接一声地叫,还不时呜呜地叫,我哄它吓它完全是枉然。

姥姥颤颤地起来,拉亮了电灯。我看再也隐瞒不下去,只好又跳下床,把那只脖圈恶狠狠地又给灰灰套上。

可说也奇怪,灰灰一套上脖圈就不叫了,直跳上姥姥的床,钻进姥姥的被窝里去了。还轻轻呢喃两声,似乎在表达对姥姥的感谢。嗨! 这东西!

最后灰灰竟死在这只脖圈上! 今年夏天我去姥姥家时,二妗告诉我,上月初三灰灰去东坡捉麻雀,被横生的棘棵挂住脖圈,它猛地一挣,却悬空吊在了那里。

我不由想起了上次和姥姥的争执,我扭过头看姥姥,姥姥早又老泪纵横了。她抖着胳膊说:"这是灰灰的命啊! 谁都逃不过命的……"

极 端 爱 情

他爱上了她。

她爱上了他。

他是一个从未尝过爱情滋味的小伙子。

她是一个情窦初开的姑娘。

他爱她的朴实真诚,爱她妩媚的瓜子脸、乌黑的秀发、窈窕的身腰、颀长的双腿，还有银铃般的欢快的笑声。

她爱他的精明强干，爱他威而不怒的国字脸、剑眉下明亮的大眼睛、魁梧高大的身材、沉稳有力的步伐，还有那字正腔圆的男中音。

他一见到她就浑身激情像火一样燃烧。

她一见到他就像触了电一样遍体酥麻。

他注视着她的一颦一笑。

她留心着他的一举一动。

他利用星期天将女工宿舍门前的低洼地方垫平，使那里雨后再也不蓄水；利用工余时间将机工车间南头的暖气管道修好，使那里三九天再也不寒气逼人。这全是为了她。

她自己买线勾了图案美丽的窗帘，安在钳工车间和男工宿舍的南窗上；她在职工食堂的开水铁壶上包裹了棉罩，免得开水时间长了冷凉。这全是为了他。

他觉得她是自己的生命，自己非她不娶。

她觉得他是自己的灵魂，自己非他不嫁。

多少个夜晚，他热切地想着她的模样，直到天明还不能入睡。

多少个夜晚，她轻轻呼唤着他的名字，日出东方也不能合眼。

他已经不能再等了。他要直接向她求婚。

她已经不能再拖了，她要当面倾诉："我要嫁给你"。

正要求婚的时候，他突然又踟蹰不前。

正要当面倾诉的时候，她突然又犹豫不决。

他想，她太美好了，是从天上下凡的仙女，是美的化身。她应该嫁给专家嫁给教授嫁给 CEO，如果嫁给草木之人的自己，简直是对她的亵渎。自己真心真意地爱她，就不能光从自己的私心出发,自己忍着心疼也要成全她的幸福啊。

她想,他太高尚了,是东岳的山神,是力的化身。他应该娶上一个文化高的秀外慧中的名媛,如果娶了连本科毕业证都没有的自己,简直是对他的贬低。自己诚心诚意爱他,就不能光顾自己的私心,忍着心痛也要放他。

他忧心忡忡,他悲不自胜,几个昼夜就白了双鬓。

她愁肠百结,她凄然泪下,一个星期就形销骨立。

为了不耽搁她的美好前程,他闭上眼托人说媒,在老家找了一位相貌平平的农村姑娘,并匆匆忙忙回老家娶了媳妇。

为了不浪费他的美好青春,她咬着牙请人介绍,定下一位她根本不爱的锻工,并急急忙忙领证举办了仪式。

他没想到她找了这样的丈夫,她没想到他找了这样的妻子。两人在工厂大门外相遇,凄然相向默默无语,两双会说话的眼睛同时在问:我们这样为对方着想,对吗?

决 不 换 亲

老姜头一声不吭地听着饭场上人们的谈论,凝重的目光投向龟头湾。麻老二的闺女黑妞,昨夜又是在那里投河,龟头岩上只留下她一双灯芯绒鞋。

麻老二高一脚低一脚地过来,哑着喉咙吼道:"我好悔哟,人家就一条腿有病,黑妞就挑剔。挑剔就挑剔吧,我逼她做什么?

我逼她做什么？闺女完了，媳妇儿也没有了，我好悔哟！"

眼瞅着麻老二被他的儿子攇拽着渐渐远去，老姜头沉重地叹息一声："咱可不能再搞换亲了！"

各式各样的目光便罩住老姜头。

老姜头痛心地捶着大腿："先前工作组老郑不是说过嘛，换亲害死人哟！咱龟头湾哪年不为这事死人？给儿寻摸媳妇，咱单打单行是正道！"

驼背老四道："兴许你老姜头能行得起！"

老姜头脖子上的青筋老高："认准理的事儿就得去办！当着咱老少爷儿们面讲，我只一个独根儿子，讨不上媳妇凭他打光棍也决不拿俺闺女去换亲！"

等桃花开时，老姜头已喝过了给儿子订亲的换帖子酒，舒坦得背也直了腿也长了，满脸的核桃纹里泛起黄油油的光，一摇一晃走到饭场。听着人们又在议论做媒的事儿，他喜滋滋地开了口："只要照人家老郑讲的道道走，这年头能寻不来一个媳妇？"

老姜头忽听人们哧哧地笑，顿觉脊梁骨有点儿发凉。他停住话头，抬眼瞟见几个年轻人正朝龟头岩对过山坡上指指戳戳。那翠莹莹的草棵子上边，正翩翩飘飞着一只粉红色的大蝴蝶。他用劲凝凝发花的老眼，才看清那就是自己的闺女菊妞，风摆柳一般往山坡下亲家那村走，身边傍着一个年轻后生。

他一下明白了，耳根发红，脸憋成青紫，惺惺地跑回家，抓住儿子："说！你妹妹菊妞跟那边，咋回事？"

儿子结结巴巴地答："菊妞跟那边她弟弟，自己谈上了。俩人说得来哩！感情深哩！不算换亲，是自由恋爱哩……"

"放你娘的狗屁！"老姜头一巴掌甩过去气咻咻地喊："咱要

他家的闺女,他家又要咱家的闺女,这不是换亲又是啥!我决不换亲,我决不换亲!"

直到夜幕降临菊妞才回家,激动的脸色红彤彤的,老姜头的脸可是拧出水来。这一天夜里,老姜头把女儿关在西屋,气急败坏的打骂声伴着菊妞哀哀的呜咽声直到黎明。累极了的老姜头只打了个盹儿,睁开眼已不见了菊妞的身影。

第二天早上,老姜头久久地驻足龟头岩,痴呆呆的目光无力地撒向脚下的湍流。他呜咽着喊:"换亲不好!龟头湾,你真不公道!"一串混浊的泪珠子沉重地砸向河水。

望着远处从河水里捞出来的菊妞尸体,饭场上的人们又是一阵议论:"黑妞不想换亲投河去死,菊妞想换亲也是投河去死,这年头!"

老丁的哲学

老丁是矿产局副局长。矿产局六个副局长,老丁排老六。矿产局的人说,老丁有两种情况享受科级干部待遇。一是出钱,比如捐款、红白喜事出份子钱之类;二是开会,特别是大会,总是要求副科级以上干部参加。除了这两种情况,老丁和一般科员没什么区别。其实老丁抓工作也很出色,他分管的地质勘探工作多次在省市拿奖,只是许多次无名的退让使他降低了威信。

比如说坐车,是领导威信之所在。矿产局两辆车,一辆皇冠,就是一把手的专车；一辆标致，几个副局长争得不可开交，老丁却很少过问车的事。往山区里调查，骑辆旧摩托；往地区开会，他拎着装有笔记本和一罐头瓶开水的旧书包，大步赶往公共汽车站。有人就问他咋不让单位派车，他大言不惭地说，我不爱坐小车，公共汽车好得多，稳当，安全，里边空间大，不闷得慌，旅伴儿多，聊着天赶路多热闹。

矿产局下属的花岗岩开发公司效益不错，请了好几位歌星、笑星来演出，做广告。县影剧院前三排中间算是好座位，好座位共48个，可邀请的地区和县里有关领导就42位，矿产局正副领导七位，正好差一张座。局长问副局长们咋办，眼光还只往老丁身上斜。老丁没等局长讲完就爽快表态说我就坐第四排。事后别人笑老丁太好说话，软蛋一个。老丁说我看第四排比前三排座位还好呢，看表演不仰脸。

没过几天，为欢送那几位"星"，矿产局在万福酒楼大开筵宴，酒是一色人头马，菜是山珍海鲜，酒后跳舞和桑拿，整整一个通宵。偏巧那天老丁在山区没回来。事后别人代他打抱不平，老丁忙拦着说："万幸，万幸，上舞厅我是活受罪，酒席宴更是要我的命，能躲过这一夜辛苦，说明我老丁运气还不赖。"

外地许多地方搞起了房改，局长听说后动了心思。矿产局原有的家属房比较破旧，这样参加房改太吃亏，局长认为应该盖十来套别墅式家属院，钱就动用矿产勘探事业费的积累。每户象征性地出个万儿八千元，等到房改时产权证再办到各人名下。想好后局长开始挨个儿"吹风"，谁承想吹到老丁这儿就打住了车。局长说过了这个村没有这个店。老丁说违原则的事咱不能办。局长说人家贸易局、水电局、规划局……多少个局不是都这样办了吗？老丁说哪有跟着屁股后学犯错误的？局长耐心启发说，老丁呀你别太阿Q，你家的房子够窄促了。老丁说山区的人还苦着呢，勘探费用处大着呢。局长没说服平庸随和的老丁，早恼了一伙义愤填膺的人。好几个副局长表态道，老丁不要咱们要，该盖了！老丁听说后又找上门说，局长，你们要是硬着头皮违规，我可是要硬着头皮向上反映。局长当下黄了脸。局里几个人好几个月都不理老丁了。有人问老丁这次怎么不让人，老丁说咱不能亏着良心去随和。

第二年搞房改，几个局委办因分房不公，职工上访告状，公款盖私房的事被揭发出来。贸易局、水电局、规划局等好几个局的一把手被免职，副职受了处分，到手的房子也被没收了。矿产局因为老丁"捣蛋"没盖成房，领导班子安然无恙。

换届时提拔干部，老丁年龄、资格、政绩、群众威信样样都合条件，但考察时有人说他是"迂执板"。许多人替他抱不平，说，老丁你赶紧去跑跑，要不然肯定会落选。实际上不管条件够不够，许多人拼着命去活动。老丁说，我跑是跑，就是光往河堤野外跑，咱去争新鲜空气比争官强，人活一辈图的是心里痛快，官场里有几个人能跟我比？

老丁果然不动窝，老丁依旧是排第六的副局长，但老丁锻炼很有劲，老丁干得很有劲，老丁生活得很愉快。人们都说老丁太阿Q，老丁说，你们呀，你们呀！啥时才能醒过来？

难解的问题

县一中的市级优秀班主任是严老师,县一中的省级模范教师也是严老师。

严老师趁假期回家看父母,坐的是长途公共汽车。长途汽车在路上颠颠簸簸,坐在前边座位上的严老师被颠簸得昏昏欲睡。

忽听后边两声吵嚷,被吵醒的严老师伸了个懒腰,睁开细缝似的小眼往后打量,这一打量可让他大吃一惊:两个歹徒在洗劫财物!那个高个子的大鼻子右边有个月牙疤瘌,正圆睁了扫帚眉下的豹子眼,举着明晃晃的匕首,恶声歹气地吆喝道:"眼看过年了,借诸位两个钱花花,谁要是不识好歹我们就不客气了!"车上的旅客就一个个颤抖着往外掏钱。

严老师知道自己手无缚鸡之力,他就清了两声嗓子开始大声讲,像在课堂上讲课一样。他说,山里边有一个老妈妈,从 23 岁开始熬寡只守着一个儿子过活,自己舍不得吃舍不得穿,却不能看儿子受一点委屈。那个大雪天五岁的儿子半夜发烧,老妈妈起来摸着山路去找医生,跌在山沟里半天爬不起来,冻得昏迷过去,醒来第一句话就是快救救我儿子!我儿子发烧!这个老妈妈拼了命种地、采药供儿子上学,但是儿子参加了黑社会,每天盗窃抢劫敲诈勒索打架斗殴。老妈妈以为儿子真的是在上班,每天晚上做好饭热在灶火边,一趟趟去外边眺望儿子的踪影。儿子被抓起来,判了刑,老妈妈总是望不到儿子。她每天都到儿子出没的路口。儿子最后一次回来是夜色中从树丛中跳到路口的。老妈妈认为是树丛的荆棘挡住了儿子回来的路。她就手握镰刀,一根根削去荆棘,每削掉一根都要喊一声:"儿哇,你要快快回家来呀!"就这样丛林中打开了一条通往西岭的羊肠小道。老妈妈实在太累了,她再也握不动镰刀了,她……

严老师没有讲完,只觉得眼前亮光一闪,他倒在了血泊中。

严老师肚上缝了十七针,严老师被评为政治思想工作先进个人。一年后严老师被监狱请去对服刑犯人进行思想教育。严老师不爱干巴巴地说教,他的思想工作总是从故事开始。他就站在讲台上大声地讲,像在课堂上讲课一样。他说,山里边有一个老妈妈,从 23 岁开始熬寡,只守着一个儿子过活。自己舍不得吃舍不得穿,却不能看儿子受一点点委屈。一个大雪天五岁的儿子半夜发烧,老妈妈起来摸着山路去找医生,跌在山沟里半天爬不起来,冻得昏迷过去,醒来第一句话是快救救我儿子! 我儿子发烧! 老妈妈拼了命种地、采药供儿子上学。儿子却参加了黑社会,盗窃抢劫敲诈勒索打架斗殴。老妈妈以为儿子真的是在上班,每天晚上做好饭热在灶火边,一趟趟去外边眺望儿子的踪影。儿子被抓起来判了刑。老妈妈总是望不到儿子,她每天都到儿子出没的路口。儿子最后一次回来是夜色中从树丛中跳到路口的。老妈妈认为是树丛的荆棘挡住了儿子回来的路,就手握镰刀,攀上山坡,一根根削去荆棘,每削掉一根都要喊一声:"儿哇,你要快快回家来呀! ……"

严老师没有讲完,突然被一阵爆发的哭声打断了。坐在第二排的一个大个子,双手握拳捶打着自己的胸,一边喊着"妈呀妈呀"一边哀哀地痛哭,周围涌起一片哭声,连四周守卫的劳教管理人员也抹着眼泪。

善于因势利导的严老师走下讲台,到失声恸哭的大个子身边,想问他几个问题。但他认真一看却吃了一惊:扫帚眉,豹子眼,大鼻子右边明显的月牙疤瘌……不是他是谁? 于是严老师问自己:现在讲的和那次在长途客车上讲的一模一样呀,可那次为什么就讲不到他的心里去呢?

数 字 时 代

早晨六点半,黄鹂声声鸣叫是那样的悦耳,这是电脑在叫他起床。虽然昨天睡觉并不太晚,但心里仍不大舒服,主要是昨夜做了一个梦,梦见女友燕燕要和他分手。近来燕燕的态度一阵热一阵冷的,不能不让他担心。

他拿起电话要了116,又加入以燕燕生日设置的密码:20160901,也仅仅在可视电话的屏幕上见到了昨天在家里沙发上的燕燕影像。对方的电脑在回答:主人尚未起床,请勿打扰,急事请留言。他只得暂时作罢,便拿起万用遥控,揿上数字301,仿佛一阵松涛在远处隐隐地滚过,这是床单上及墙上天花板上的自动体检器的触觉在将他的数据输入健康网。接着电脑以标准的女声普通话向他报告:大脑正常,五官正常,心肺功能正常,肝脏正常,肾脏正常,肠胃正常,胰脏正常……哪项器官检查结果需要详细数据？随后,一张长长的体检报告表打印出来。

他披上睡衣,到卫生间简单冲了个澡,在万用遥控器上揿上数字 302,衣柜打开,电脑向他报告:据气象台预报,今天晴转多云,东北风三到四级,室外气温 8 度到 15 度,空气湿度 65 度,建议出门加风衣或穿自动调温衣服。

他穿上衬衣,揿数字 303,电脑向他报告:现在根据晨六点体检情况为您调配健康早餐,枣油蛋卷、桂花粥……接着又报告所含的蛋白质、葡萄糖、脂肪、氨基酸、铁、锌、钙、铜……以及维生素 A、维生素 C、维生素 B1、维生素 B2、维生素 B3、维生素 B12、维生素 E 等等数据。

在轻音乐声中,他到宽大的阳台上,打了一阵太极拳,回到餐厅,机器人已将美味佳肴摆在餐桌上。他实在太想念燕燕了,尽管才两天没见面,他还是揿数字 2011,从电脑中调出他和燕燕在海滩上的嬉戏画面,一边吃饭一边欣赏燕燕的音容笑貌。等到吃完饭已是七点五十六分了。他忙起身,虽然就在家里上班,但是他是一个守规矩的人,从来不愿意耽搁上班的时间。

他穿上夹克衫,走进工作间,伏案开始工作。他揿数字 502,电脑屏幕上就出现了九个项目文件的目录。他的任务是从每个项目的投资回报方面进行可行性评估,然后将评估结果传送到副处长的电脑里。他已经为电脑编好了一个高效的程序,对项目的有关材料自动评估,每评估好一项他还要检验一遍。等他进行到第七个时,传过来的项目已经有了十三个。他正在全神贯注,突然电脑屏幕上有一片绿绸子般的东西飘飘而下。他神经猛地紧张:有黑客!他立即揿数字 901 启动反黑客程序,但是那绿绸子竟然拂之不去,一会儿里边出现了一个玫瑰红的有着苹果绿花边的太阳帽。他不由得叫一声:燕燕!调皮的燕燕!燕燕可是个电脑程序高手,但当然不会破坏他的工作,只是又在和他开玩笑。他敢断定燕燕就在他楼下。

他到阳台上,果然见到那个熟悉的亲切的玫瑰红的太阳帽,燕燕正站在楼下的花坛边,拿着遥控器向他挥手呢。他急急地换上西装,打好领带,走到客厅里。多维摄像系统已经把他的形象多角度地反映到大屏幕上,前后左右看得一清二楚。他又在遥控器上撤数字:5235,他的浅灰色西装就变为深红,那条红色的领带变为海蓝色,衣服上淡淡地透出了茉莉花的清香。

这时他的电脑大荧屏已经出现了一组数字:122233344,这又是燕燕,但这是什么意思?燕燕常常用数字语言跟他交流思想,其中常常夹进一些缩写或他俩之间的暗语,但加到一块常常令他一时难以领悟。不过也就几分钟的事,见到她当面请教就是了,无非是再听她几句讽刺。

他没有穿风衣就匆匆下楼,下了五节楼梯,防盗门才在他身后缓缓关上,发出轻微的一声响。然而就是这一声响让他想起了他为燕燕买的钻石项链没带上。他要带给燕燕一个惊喜,就立即返身回去。本来防盗门有影像识别系统,一识别他的立体图像就会自动打开。但自从听说有黑客高手故意扰乱影像识别系统后,燕燕帮他在防盗门上增加了一道保险系统。识别影像后,防盗门发出悦耳的声音:请您输入数字。他在遥控上撤上一串数字,那是他的出生年份加上燕燕的出生月日,然后他按了门上的"确定"键,防盗门嗡嗡地响了两秒钟,上方的屏幕上出现一行字:"密码不对,请核对密码后正确输入。请注意不要侵犯他人住宅!"他连忙按消除键,小心再输入密码。再按门上的"确定"键,屏幕上仍然是原来那些话。他仔细看看,不错呀,就耐心地再次认真输入数字,再按"确定"键。突然从"确定"键的上方,伸出一只活动不锈钢手铐,将他的手牢牢铐在钢门上。接着警报刺耳地响起来。不一会儿巡警冲了过来。原来连接在防盗门上的电脑已经将这里的方位地形以及他的指纹、影像和其他有关数据及时传到了110信息中心。紧跟在巡警后边的是花枝招展的燕燕。几秒钟的惊愕之后,燕燕咯咯地笑弯了腰:天呀,第一个试验这个新程序安全程度的,怎么是你?

摔 掉 晦 气

"韦股长,走啊!"

我站在楼前喊。韦股长虽然住五楼,但不可能听不见,我断定他今天操着心呢。我们局作为试点搞中层干部竞争上岗,第一关是文化知识和业务知识书面考试,要是这一关都过不来,那下岗就下定了。

韦股长下来推自行车,边说:"昨天夜里我做了个噩梦。"

我说:"韦股长,快点!"

韦股长步子软溜溜地推车过来说:"昨夜我梦里摔了个仰八叉,半晌都爬不起来。"

我说:"老韦你烦不烦,咱得赶紧走。"

韦股长似乎带着点哭腔:"我就怕应兆到这次竞争上岗,特别怕应兆到今天的考试上。这一段老婆本来就和我闹离婚呢。"

我这才注意韦股长和平常有些两样,脸色有些苍白,眼角有些淤,嘴唇还有些发抖。

我说:"韦股长,梦是啥? 梦是个屁。屁一放出来大风就刮跑了,哪里应兆去?"

韦股长说:"我娘做梦摔一跤,没两天就真的跌一个腿骨折,唉。"

我说:"老韦你别光想梦。打起精神来,赶紧到那里咱再对对题。"

韦股长说:"谋事在人,成事在天。"

我顾不上再理他,骑车猛蹬。韦股长只好跟着我用劲骑。正疾驰中,前边胡同里突然跑出来一辆三轮车横在我们面前,我向旁边猛一拐飞快地绕过去,紧接着就听到"咣当"一声。韦股长结结实实地撞在三轮车上,连人带自行车摔在地上,连车篓里装书的书包也摔出老远。

我慌忙撂下车去看韦股长。

那三轮车主先看他的车厢撞坏没有,然后才扫一眼地上的韦股长道:"这可不怨我。"

我正想与他理论理论,平日里争强好胜的韦股长撑着胳膊从地上坐起来,挥挥手道:"不怨他,叫他走吧。"

韦股长的额头磕出了血,手也擦破了一层皮。我一边拉他起来一边埋怨:"你看,你看,这你还咋考试? 怪不得你做噩梦。"

韦股长用力推开我,活动活动胳膊,一下子跳起来,哈哈笑着说:"噩梦? 好,好!"

我呆呆地看着他说:"老韦呀,这一跤不会把你摔成神经病吧?"

韦股长拍拍身上的土,一幅扬眉吐气的样子:"昨夜的噩梦应兆了,噩梦的事就到底了! 这次竞争上岗咱还怕什么? 这次考试咱还怕什么?"

他正了正自行车把,整理一下东西,轻快地跨身上车,哼着小曲风驰电掣地往前赶。那个精神头儿十足的韦股长又回来了。

考试过后一出榜,我们俩成绩都是名列前茅。竞争上岗结束,我们俩都顺利过关。韦股长的民主测评满意票数比我还多呢。

我笑韦股长:"那时候你那个失魂落魄的样子!"

韦股长立即正色:"主要是那一跤摔得好,摔得太及时了!"

污水沟,清水河

理发室里有甜腻腻的味道。六号! 六号! 顾客争着要六号服务员理发。

洁白的工作衣,亲切的微笑,优雅的举止,流利的动作,像和谐的抒情小夜曲。

下一个! 噢? 圆滚滚的胖酒桶,肥硕的大脑袋,他?

"小师傅,我在三零一厂后勤处负责,有事情请给我打电话。"巴结的声调,满脸的笑。

认识很难对等。

电动推刀嗡嗡地贴了上去。

蝴蝶吻着阳台上绚丽的鲜花。宽敞的三室两厅,打蜡的地板。姑娘的盼望,全家人的希冀。

爸爸拖着疲累的步子走来,妈妈不安地读着他的脸神:"房子怎么了?"

"我们三零一厂呀真没法说! 俺设计室的人全筛下来了!原来说给咱的那套,后勤处长自己占去了!"爸爸拿起绘图铅笔,摁在他的脸颊上。

咚咚咚! 切菜板上发泄着妈妈的怒气:"跟他讲理,叫他来咱这十五平方的小屋里看看! 咱妞儿二十岁了就跟爹娘挤在这里!"

洗发! 洗去全家的晦气,让发着泡沫的污水,冲到污水沟里去吧。呵,污水沟! 血红色的泡沫,发黑的河。死猫、死鸡,呛人的气味。看那洁白的雪花,飘进死潭,看那橘色的霞光,落入臭水。她难过地闭上眼睛,美的亵渎,爱的耻辱。她钉死窗户,糊严窗缝。十五平方米里一片昏暗。

一绺绺头发沉沉地跌落下来。电推刀嘤嘤地响,是妈妈伤心的哭声吗?

治理污水河的消息,全家的兴奋剂。要是它能变得清水涟漪,那十五平方也许会少些沉闷吧。

"听说这笔钱又挪用了,给办公室装修,安空调。嗨——"爸爸沉重的一声叹息。

家里的笑语更少了,可二十岁的姑娘仍在痴痴地盼望。电推刀嗡嗡着,是清污船从这儿驶过? 是挖掘机在工作?

自己借钱也得再接半间房,要是这河岸上杨柳青青,碧水中鲤鱼戏波,手风琴的声音伴着年轻人的嬉闹,那么……

"哎呀!"她一声惊呼,大脑袋正中的白道,是治理污水沟的样板吗?

她没提防温顺中的野性。

怎么办?她念叨着。同事围过来。顾客惊愕加生气的大眼睛。

"你不舒服?这头不是理得好好的吗?"

是的,好好的,可她刚才怎么看见了发白的河道?面对转嗔为喜的顾客,她轻轻吁口气:"我想,春潮早晚要冲掉污水沟,我们早晚要迎来清水河。"

愈 走 愈 远

老耿头救了大学生,老耿头一下子成了名人。

那个大学生去探险,不小心跌在老龙潭里。正在自己承包的山坡上栽树的老耿头,毫不犹豫地跳进深潭救出了大学生。

老耿头一身好水性,跳潭救人的事以前也没少干过,所以这事谁也没当成什么大事或者说重要事。但没当成大事偏偏就成了大事,原来他救出的是一位大领导的儿子。大领导原来说要亲自来看望老耿头,后来因忙没有来,但是派秘书坐车前来,还捎来了很丰厚的礼品。秘书代表首长一再邀请老耿头到省城大领导家里去做客。

老耿头是个老实人。他想人家真心诚意地请咱,咱咋能不动身跑一趟?他按秘书的交代先打了电话,接着就坐公交汽车去了大领导家。

老耿头来到后果然受欢迎。大领导准备了一桌酒宴,除了一般的鸡鸭鱼肉,还有大闸蟹、小黄鱼、山龟、海参、鱿鱼和蛇肉,酒是"五粮液",烟是软"中华"。大领导和他的夫人,被救的儿子,还有秘书、保姆加司机,全陪着老耿头座席。大领导亲自把盏敬酒,各位轮流端酒劝菜。老耿头吃了个肚儿圆,又喝了个酩酊大醉。大领导让秘书送老耿头住宾馆,第二天又派小汽车送老耿头回家。老耿头觉得这辈子最大的幸福就是认识了这位大领导。他回到家最大的乐趣就是吹这次上省城,白天吹晚上吹家里吹街上吹,一遍又一遍地叙述那生动感人的情景,吹来吹去他就觉得不能让人说自己是吹牛,要讲义气就要经常去看望大领导。

老耿头第二次去省城又受到了欢迎,除了大领导和他的秘书、司机因为有事没有和他见面外,夫人和大学生儿子还有保姆陪他吃了酒宴。酒宴没有上次的生猛海鲜和稀罕物,但餐桌上鸡鸭鱼肉仍然摆得满满的,酒是"剑南春",烟是"阿诗玛",大学生敬烟夫人敬酒,气氛仍然很热烈。

老耿头第三次又去了省城,这一次大学生也没有陪,只有夫人和保姆陪同吃了饭。饭是四菜一汤,饺子大米加油卷,另外又上了全兴酒和石林烟,老耿头虽然觉得没见到领导父子有些遗憾,但仍然吃得饱喝得香。

老耿头第四次上省城仍是先打了电话,但到那里后发现只有保姆在家。餐桌上自然没有烟也没有酒。保姆给老耿头做了红烧肉还有粉条豆腐大白菜。老耿头配着大米饭虽然也吃得饱饱的,但心里总是有些遗憾。他一遍又一遍地追问,为什么不见领导不见夫人,也不见那个大学生儿子。保姆不耐烦地摇着头:"哎呀! 你问那么多干吗? 咱一个小保姆,哪里知道领导们的事情?"

老耿头第五次去省城可就丢了人。他照那个号码打电话也没人接,到那里后领导的小院冷冷清清安安静静不见人也不听响,到夜里甚至没有灯光。老耿头从中午一直等到半夜也没等上一个人。饿得老耿头头晕眼花,只好把自己带来的一包花生米吃了一大捧,第二天只好拖着麻木的双腿往回赶。

同村有一个来城里打工的青年和老耿头同一辆车过来。他曾经多次听老耿头侃大山,这次就偷偷跟踪老耿头想看个究竟。他看到老耿头又是拍门又是喊领导就是没人搭理,回家以后就添油加醋地说出来。村里人见了老耿头就问他是不是真的到过大领导家。老耿头长叹一声道:"我怀疑我自己是不是真的救过人?"

"的妹"与老板

我们这个城市里,像我这样开出租车的女孩很多,市民就叫我们"的妹"。我做"的妹"已经两年了。这天早饭后,我开着锃光瓦亮的蓝色皇冠刚拐过我家所在的那个胡同口,胡同外的那家五星级饭店里走出一位穿着讲究的老板向我招手,看样子有五十来岁。我停住车,打开车门让他上来。他坐在后座,向前倾着身子,瞄住插在挡风玻璃上方我的彩照工作证认真地端详了一番,接着又打量了我一眼,说:"姑娘,开几年出租了?"

不喊小姐不说"的妹"而喊姑娘,使我感到有一点亲切。但我知道美丽相貌对男性的吸引力,他们往往在黏糊糊的目光后就是甜蜜蜜的语言,甜蜜蜜的语言后边不知还会有什么样的举动,所以我回答过后就连忙用礼貌去堵他的嘴:"请问先生上哪里?"他答上柳园。从柳园回来的路上,他自我介绍姓吴,是美籍华人,来洽谈电脑软件投资的,又问我这问我那。我的回答很谨慎。到饭店门口,计时器上的数字是 46 元。他给了 50 元,说:"别找了。"如果顾客同意,零头钱不找也是常事,所以我也就没勉强。

第二天我刚拐过胡同,这位吴先生又在那里等我,仍然是上柳园。从柳园回来后,他给了我一张百元人民币大票,缓悠悠地说:"别找了。"我顿时警惕起来,说:"那怎么成?"便坚决地将剩余的 54 元钱递给了他,想了一想,又将昨天应该找回的 4 元也递给了他。他接过钱,叹了一口气,眼里闪过一丝失望,但似乎又有一缕欣喜,不过他什么也没说,下车走了。

第三天,吴先生又在胡同门口等着,仍然是上柳园,但这一次是在那里等了许久。按照出租车的规矩,等是需要付费的,这一次照计时器上的数字,他付了我 165 元。

第四天,他又在胡同口等我,仍然是上柳园,到了柳园仍然是让我在写字楼下等他。我说:"先生,你完全不必这样。这里的出租车也是很多的,等你办完事,再招一下手就成了。这样可以避免一些不必要的费用。"他说:"姑娘,我想请你等我,如果你不介意的话。当然大街上的出租车很多,但是我觉得和你已经比较熟悉了。坐熟人的出租车是一种心情，特别是在艰苦的生意谈判之后。"我看他褐色的眼睛里透出的满是真诚，只好又答应下来。这一趟我挣了将近200元。

第五天，他仍然在胡同口等我，不过这次不是上柳园，而是到商务中心。商务中心离胡同口只有二百多米路。我给他讲明了这一点，说："这里的人行道宽宽的，还有花坛，花香沁人。步行去也是很愉快的。你们老板整天忙于商战，不是坐在老板椅上，就是坐在沙发上，正好借此机会轻松轻松脑筋，活动活动筋骨。"他很理解地点点头，说："讲得真好，谢谢你。不过，我还是坐你的车去吧。"

第六天，他到商务中心仍然坐了我的车。

第七天，他又站在那里等我，身边还带了一个小的拉杆箱。他坐上车说："姑娘，很遗憾，今天可能是最后一次坐你的车了……我要回国，上飞机场。"

到飞机场，他下了车，盯住我说："你心地善良，又机灵，又漂亮，自尊，自爱，自强，很有敬业精神，坐你车的顾客都不会忘记你的。希望以后能再见到你。"我说："谢谢你！"

正在这时，一个胖乎乎的家伙满身酒气歪着身子横过来，拉开我的车门坐到前座。我还没有顾上跟他说话，他竟然一下子抓下我的眼镜，在我的惊喊声中，扔在车外摔碎了。这时候，吴先生随手丢掉拉杆箱，转过身一下子把胖子拉下车。两个人便扭打在一起。吴先生怒气冲冲，好像要跟胖子拼命。但他哪里是胖子的对手？没几下，他就气喘吁吁地支持不下去了，脸上也被抓出几道血印，要不是警察及时赶来，我想他可真要吃大亏了。

警察调查清楚后，带走了胖子。吴先生转身也要离开。我连忙说:"那哪里成呢！走,我拉你到医院,无论如何也得检查检查身体。"吴先生连连摆手,说:"谢谢你,姑娘。我没有那么娇贵,我马上到卫生间洗一下就行了。"说完拉起他的小箱就走。

我连忙喊住他:"先生,你,请你稍等一下。我想问你一个问题。你为什么总是照顾我？特别是刚才,你不顾身份,不怕危险,竟然为我这样一个普普通通的'的妹',去和人搏斗……你要不讲清楚,我会心里不安的。"

吴先生愣了一下,眼里掠过一缕忧郁,说:"你真的不介意吗?"我肯定地点点头。吴先生从衣服里掏出一张照片给我。我拿过来一看,还真是吃了一惊。那简直就是我上高中时的照片。吴先生说:"这是我的独生女儿,名字叫吴倩倩。她出了车祸,不在了。你长得很像她。"说完,他长舒一口气,转身走了。我真切感受到的,分明是他对女儿深深的思念！

奖金的威力

我腹痛拉肚到红星医院看病,挂过号在内科门前等,那位小鼻子护士出来喊"范子平",这着实吓了我一跳。倒不是她叫得猛,恰巧相反,她声音甜甜的柔柔的,那么亲切,跟以往她不耐烦的急促叫声大相径庭,使我怀疑她的神经是不是出了毛病。

我走进屋里,前边已经有了好几个病人。那位高高胖胖的大夫正在按顺序给病人诊断。他手持听诊器,耳听眼察,动作利索,有条不紊,显现出满腔热情。

　　"大夫,我腰疼腿疼……"

　　——"给你开十盒补阴壮阳液,一天两次,一次三支,服完后再来复查。"

　　"大夫,我头疼失眠……"

　　——"给你开十盒补阴壮阳液,一天两次,一次三支,服完后再来复查。"

　　"大夫,我胃疼,吃不下饭……"

　　——"给你开十盒补阴壮阳液……"

　　"大夫,我身上出痒疙瘩……"

　　——"给你开十盒补阴壮阳液……"

　　"大夫,我的孩子好像有多动症,一天到晚闲不下来……"

　　——"开十盒补阴壮阳液,先吃一个疗程半个月,一天两次,一次三支,会有好转的。"说着胖大夫还和蔼地摸了摸小孩儿的头。

　　慢慢地轮到我了,我是拉肚腹疼还有些发烧。胖大夫用听诊器给我检查后胸有成竹:"给你开十盒补阴壮阳液……"

　　我问大夫咋都是补阴壮阳液。胖大夫拿出一万个真诚向我解释,这药补阴壮阳,舒肝润肺,健脾养心,扶正祛邪,清热解毒,活血镇痛,抗菌消炎。那位小鼻子护士也忙上来说:"同志,这种特效药现在不多了,你就赶快买吧!"

　　我只得买了十盒补阴壮阳液。

　　回到家里,我拉抽屉,将今天的这张六百多块钱的药条放在那一沓子药条上边。不住院医保就不报销,病不能不看,药费可真是大负担。

正准备吃药,多年不见的表哥来了,走路有点踉跄,伴着呛人的酒气。表哥喝醉了。早知道表哥不高兴不会醉,表哥是有高兴的事了。

表哥跌坐在沙发上,说他现在是大海洋药厂第八销售处处长,近来在这一带开展业务,忙得一直到现在才来看我。

我沏上一杯茶,问表哥啥业务。

表哥说销售补阴壮阳液。

我忙问这药管用不管用。

表哥说,能不管用?把医院风气都扭转过来了,你去医院没有感觉?

我问他怎样扭转。表哥头一歪:"发奖金!医院每进一箱补阴壮阳液,回扣给院长500元,副院长300元!"

"医生咋也这么热情?"

"每开一盒两元钱!"

"药房咋也这么热情?"

"每销一盒一元钱!"

"叫号的护士也咋也这么热情?"

"有关人员都是按销量定奖金。"

"那你们大海洋药厂还会有利?"

表哥笑了,露出两颗金牙:"那是淀粉掺一点甘草和金银花,成本很低的。医院进一箱两万,销售出去三万多,可成本一箱也就几百块!你想吧,我们有利没有?"表哥头往后一仰,竟靠在沙发上打起呼噜。我想着我那一沓子报销不了的药费条,心里越来越愁了。

爱 在 山 腰

山腰的东边是这座城市的一处风景区,西边是一处古迹,断壁颓垣很有些残缺的美。南边是郁郁葱葱的灌木丛,灌木丛掩映的是一道陡坡。陡坡下是一片波光粼粼的湖,中间这一片幽静的芳草地实在是谈情说爱的好地方。太阳知趣地躲进了远处的山林里,美丽的晚霞殷勤地为他们照明,习习的山风送来阵阵清凉。好几对儿青年男女就缠绵在这里。

这一对儿,男孩魁伟高大,红西装花领带黄皮鞋,手腕上是一块闪闪发光的金色手表。女孩上身穿 T 恤衫下身穿黑色紧身裤,细腰丰臀,胸部丰满,曲线楚楚动人,颈项上挂一串细细的金项链。他们是很般配的一对儿。

这会儿,女孩正将五张伟人头装进男孩的真皮手包里。男孩说:"就怕你到时候没钱花。"

女孩说:"不会的,我爸可亲我了,到这月底还要给我送来一千块,都在一个城里,他来也很方便的。只要说买学习资料,要钱就给,不要还给呢。"

男孩说:"你做出的牺牲太多了。"

女孩娇嗔道:"咱俩谁跟谁呀?人都给你了还说这个?我就是要把你打扮得漂漂亮亮体体面面的。"说着女孩从肩挎着的米色皮包里拿出两瓶饮料,递一瓶给男孩。

男孩却不接，脉脉含情的目光在女孩身上扫描着。女孩微微地低了头，说："看什么，又不是没见过。"

男孩说："你不知道我有多想你，一星期不见跟过了十年似的。读你让我沉醉。"

女孩羞涩地说："我也是。"便微微闭了眼，把脸仰起来，一张小巧红润的嘴唇跟桃花瓣儿似的。男孩的嘴唇便热烈地印了上去。一阵甜蜜的接吻，他们拥抱在了一起。

不知过了多久，他们同时松开了对方，才发现身边已是暮色苍茫，听到不远处有男女的喘气声，望过去身影有些模糊。

男孩拿起饮料咕噜噜一气喝光，长出了一口气。女孩喝了几口，放下饮料瓶说："你一定饿了，让我去买些面包火腿肠。"站起来向古迹的方向走去。男孩目光追着远去的女孩，却听见了脚步声。

一个中年人，腰有些佝偻，拎着一只蛇皮袋，叮叮哐哐地放在男孩身旁。男孩觉得晦气，屁股往旁边挪了挪，把那空饮料瓶扔给他。

中年人把饮料瓶装进袋子，在袋边蹲了下来，两眼盯着另一只饮料瓶。

男孩不耐烦地说："那瓶还没喝完。"

中年人却不吱声，稳稳当当地蹲在那里，仿佛一个垃圾堆。

男孩说："你这人，真不知趣。你离远点好不好。"

中年人咧开嘴似乎笑了一下，仍不言不语。

男孩提高了声调说："你听见了没有？离远点！"

中年人却看着那只没有喝完的饮料瓶在想，离远了，一会儿别的捡破烂的就会把它拿走，我得盯死它，那是一毛钱呢。这一个月下岗了,上大学的女儿还不知道,得瞒着她,直瞒到她大学毕业参加工作。参加工作后还得瞒她,要不然女儿不是分心了吗?可是答应这个月给女儿的一千块钱还差一大半呢,眼看月底就要到了。白天在工地搬了一天砖,才挣五十块,下班来这儿捡破烂也不容易呢,连累带饿,真有点头昏眼花。等一会儿捡了这只饮料瓶就回家去吧,岁数儿不饶人呢。不,还得坚持,至少要到晚上十点钟,还会再拾点啤酒瓶饮料瓶什么的,女儿还等着要钱呢。

远处,女孩要过来了,虽然看不见她的身影,但男孩可以嗅到她的香气,这是恋人特有的心理感应。但同时,这个中年人身上的汗腥味,还有臭烘烘的垃圾味也不时冲撞过来。男孩觉得自己受到了侮辱,他飞起一脚,将那瓶没喝完的饮料踢出芳草地,射向东边的树丛,在树丛的坡地里叮钉咚咚地滚动着。

中年人拎起口袋就跌跌撞撞追过去。树丛里传来咣咣哗哗一阵乱响,似乎还夹着哎哟一声喊。

女孩跑过来了,高声问:"哎,哎,怎么了,你?"她像受惊的小鹿一样,抚摸男孩的胳臂,那胳臂被露水沁得很凉。男孩很随便地说:"没事,一个拾破烂的,大概在那边摔了一跤。"女孩使劲儿亲吻了男孩一下,说:"只要你没事就好。"

男孩觉得自己的好心情被那个捡破烂的破坏了,他搂住女孩的肩说:"咱走吧,天凉了,咱到丽丽舞厅去玩吧?"

女孩也抱住了男孩的腰说:"咱走吧。"两个人卿卿我我,一边说着悄悄话,渐渐消失在远方。只有那个中年人在湖水里一边挣扎一边想:刚才传出的怎么是女儿的声音?

你 妈 你 爸

也许你妈你爸不应该是夫妻的。上大学时,性格内向的你妈就看不惯过于活泼的你爸,但最终还是禁不住你爷爷和姥爷的"铁哥儿"情谊和你姥姥苦口婆心的劝说。其实你爸你妈挺般配的,大学毕业后两人走到一起,就有了你这个丑小鸭。你妈给你起名叫豆豆。

但你妈和你爸像油水不相交融,结婚没两年矛盾就与日俱增。

首先,你妈看不惯你爸的地方就很多。比如你爸说话的高声大气,你爸待人接物的态度,当然也许还有外人难以知道的隐秘……你妈觉得无法容忍,而你爸却是一个很讲自尊的男子汉,决不向你妈做出一星点儿让步。他们相互的厌恶感越来越强,最终走向了离婚,那时你四岁。

你妈什么都不要,只要能离开你爸。遵照你爷爷奶奶的意愿,把你留给你爸,你妈搬到机关住宿舍。

他们很快办好离婚手续。你妈正式离开的那天,他们又大吵一场。你爸还摔了电饭锅,吓得你哇哇地大哭,接着就发起高烧。你的发烧成了双方鸣金收兵的令旗。他们立即抱你去医院。你患的急性腮腺炎已感染成脑炎,虽然抢救过来,当时也落下了嘴歪和语言不清的毛病。日夜陪护你的爸妈都瘦了一圈。虽然医生一再解释是传染所致,你妈还是认为他们的吵闹离婚耽搁了你,这成了她心里的死结。

你妈的公司离你家有五六里,路坎坷不平,那时又没路灯。每天晚饭后,你妈都要骑着那辆半旧的飞鸽车,到家里和你在一起,教数数、教认字、讲故事、正口型……直到你入睡,才头也不回地离开。她从来不理你爸。你爸也表现了高度的宽容。冬天特别是风雪天,行人都稀少,她孤身一人走在路上,难道不害怕?你爸问过你妈。你妈不屑回答。不管多大的风雨多浓的雾霾,甚至在你们县城连续发生夜里拦路抢劫、强奸杀人案的那段时间,你妈也从没一天的耽搁。

那时的你哪知道这些?只感觉爸妈善良和睦。每当你有一点点进步,比如你不再把"脱裤"说成"脱兔",你妈的眼神都放射异彩,你爸拍着巴掌忘乎所以地跑过来……

你去医院复查的时候,连医生也惊叹你恢复的速度,说:"简直是奇迹!"你妈你爸欣喜地对视,好像一对恩爱夫妻。

你说话越来越趋于正常了,嘴歪也好了许多。双方老人都希望你妈你爸复婚,可是你妈的固执是一道无法逾越的鸿沟。何况你的病她除了内疚,还十分怨恨你爸。

你爸到底是好人,看出复婚没可能,就说:"晚上来回跑太危险,我能辅导好,你以后就不要来了。"

你妈低着头说:"豆豆要我。"

你爸说:"不行你把豆豆带走,住一段?"

你妈不耐烦地提高声调:"豆豆要你!"

在你六岁生日的前一天,淅淅沥沥的雨夜里,你妈还是倒在了一辆飞驰的货车下……

任凭多少人劝说,你爸到底没有再找,他说:"再找个要是对豆豆不好,到地下咋有脸面对她妈?"

你姑说,你爸这话不吉利呢。是的,你爸当爹又当妈过了五年。那年冬天,你爸觉腹痛难忍,一查,肝癌晚期! 他舍不得钱,只吃中药,不打针不输液更不化疗。他说:"这病我懂,再治也没啥用,咱家不宽裕,豆豆还要治病还要上学呢。"

他把多年积攒的四万多块钱委托姑姑代管,临终前最后一句话是:"唉,豆豆的嘴还没全恢复……"

尽管嘴巴还有一点点歪,但你长大了,像正常人一样大学毕业参加了工作,你工作优秀,成绩突出,成了著名的建筑设计师,因为你妈和你爸的爱与希望,永驻在你心头。

丁一枪的故事

丁砚小时候就有爱吹的毛病,不过他不胡吹,一般一次只吹一样,而且能把假的说得活灵活现比真的还真,所以有时反而给人以见多识广的印象。

丁砚十五岁时候,被人介绍到铁路上的警察局里做事。究竟做什么一直到现在还是一个谜,推测起来,大概是现在的辅警一类,反正是有服装能蒙人但又绝不是正规警察。后来不知什么原因丁砚被遣返回来了。再后来他就参加了游击队。

这支游击队当时统共也就只有两条枪。一条是一个单打一的手枪，也叫"折（我们这里的地方音读'却'）炮"，掌握在队长手里。另一条是个打不响的老套筒，夜里谁站岗谁背出来，至于不站岗的时候由谁掌管，全凭队长说了算。

丁砚很想掌管这条枪。他的办法就是吹牛，吹自己当年在铁路警察局是神枪手，外号就叫"丁一枪"，说打你的左眼就不打右眼，多次击毙在铁路上抢劫的土匪。俗话说谎言重复一千次就变成真理，还真有人信他的话。老套筒不用的时候，不少人就说该丁砚保养呢。但也有人不信邪，比如有个矮个子队员叫吕老三，年纪比丁砚也大不了几岁，但就是看不惯丁砚的吹牛，几个人称赞丁砚时，他冷笑几声："铁路警察局？他那时还不知道见过枪没有！"

那一次队长的折炮正好放在床头的旧柜上，丁砚又吹起他当年在铁路警察局的事。吕老三一撇嘴："在警察局？是在那里做饭？打扫卫生？清洗厕所？还是捆在那里当犯人？"这话太毒太损了！丁砚顿时红胀了脸，气愤地说："不是叫玩嘴皮子！不行咱就比试比试！"说着，他抓起队长的手枪往柜上使劲一拍。只听"乓"的一声响，原来队长的折炮里有子弹没有关保险，不知怎么拨拉着扳机那子弹就飞出来，不偏不倚，正好贴着吕老三的头皮飞过，把他的帽子打下来。吓得吕老三咧着嘴脸色煞白，好大一会儿说不出话来。丁砚更是大吃一惊，但他反应快，脸色很快缓过来说："我给队长检查，我不该拿手枪对自己同志耍情绪……"虽然丁砚在全队做了检查，但是吕老三再也不敢跟丁砚顶牛，更令丁砚兴奋的是，从此"丁一枪"名号在队里被叫开了。

县民团来围剿，放出风来说要把游击队全部抓住活埋。山里的形势顿时紧张起来，几乎是每天一转移，站岗都拿上了队长上

了子弹的折炮。这天半夜该丁砚站岗。乌云密布，伸手不见五指，刮着溜溜的山风，还传来野狼的嗥叫。丁砚瞪着大眼左顾右盼，只觉得四处的树丛里都埋伏着敌人。他不由得心怦怦一阵狂跳。一直瞪到黎明时分，才觉得眼皮发涩发沉，站着就要迷糊着，忽然听到唰啦唰啦的声响，他大吃一惊，拿出那支折炮端平，胳膊手一起颤抖着不听使唤。他后退一步，拼命抑制着自己，扣动了扳机，轰的一声响。丁砚一边大喊"有敌人"一边拔脚往后跑，游击队像炸了窝一样。

所幸队长还是很沉着镇静的，他命令全队人就地隐蔽，一边派出三个人占领后山口，一边拉住丁砚问情况。不知不觉间，天色大明，草丛中传来呻吟声。队长带了人过去，果然是一个民团。那家伙胸口负了重伤。队长就地审问，那家伙支撑着说：你们的岗哨太神了，比神枪手还神枪手，真服了他了……原来今天黎明，民团派他们两人来侦察。他们两人就商量趁黑夜摸个"舌头"回去问情况。一个人在正面故意弄出声响吸引岗哨注意力，另一人从侧面蹑手蹑脚绕到后边掐柱岗哨的脖子。"谁知……你们的岗哨一枪下来把侧面的我给打伤了，夜这么黑，他枪法太准了……"这时丁砚才知道自己向正面声响处开的枪弹不知怎么就打到了侧面，真是瞎猫撞上死老鼠。"丁一枪"从此名声大震。

后来，分区选送战斗模范去培训，丁一枪去了。在真枪实弹和身经百战的教官面前，他再也不敢吹牛，天天认真向教官请教，苦练枪法，还真的成了"丁一枪"，在后来的反扫荡战斗中立了大功。

儿子长大了

星期五下班回到家,听见堆放杂物的那间储藏室里有动静。我推开门,十三岁的儿子正撅着屁股,趴在角落里寻什么东西,被一团迷雾似的灰尘笼罩着。

我着急地大声喊,快出来,小心得肺病。

儿子灰头土脸地钻出来,抱着几双旧鞋,有皮鞋也有运动鞋——我已经几次扔到垃圾箱里。儿子的妈都又把它们捡回来。

我拍打着儿子身上的尘土,不耐烦地说:"你妈准备送老家的亲戚!"

儿子理直气壮:"送人也得干干净净,你看这双运动鞋前边快磨出洞来了,这双皮鞋后边的垫皮也快掉下了。"

一向懒惰的儿子勤快起来,拿着运动鞋到卫生间洗刷起来,弄了满地的洗衣粉和满地的水。去阳台上晾晒时,还在鞋面上贴了卫生纸。就是那两双皮鞋,也上了鞋油打磨得明光光的。

星期天上午,儿子将这几双旧鞋装进塑料袋,提着去外边鞋摊修补。

下一个星期五,儿子跑到黄河路他大姨家回来,又是拎来一包旧鞋钻到卫生间洗涮,星期天又拿到鞋摊上修补了才给大姨送去。

再到下一周,儿子又瞄住了对门的邻居老周家。老周是我手下的办公室主任。我听见儿子在他家客厅里嚷嚷着:"周婶,周婶,那天你的高跟鞋不是歪了根,让我拿鞋摊上给你修理吧?"

我连忙过去嗔他:"干什么呀又来烦你周叔周婶!"

老周却乐呵呵地说:"好呀,正说要去修理呢。你这一学雷锋,就省我们的事了,给你五十元,近人明算账,多退少补。"

这孩子要干什么? 我开始警惕了。

孩子拿着周婶的皮鞋一溜烟下了楼,我赶紧悄悄跟出去。小广场有几个修鞋的,孩子没在那里停留。公园门口有修鞋的,可孩子也没在那里停留。我正在心中暗暗奇怪,孩子折入一条胡同里,三转两转不见了。我来回跑半天也找不到踪影。

吃中午饭的时候,听见老周在夸我儿子,我到那儿把他拽过来:"老实交代,上午跑哪里修鞋了?"

儿子黑亮亮的眼睛里溢出来的满是调皮的快乐:"老爸,跟踪失败了吧? 我看过许多谍战片,甩掉'尾巴'的技术高着呢。"

我顿时有点不好意思:"你这家伙! 快说,为什么不在广场补?"

儿子说:"你答应以后继续给我找需要修的鞋,我就给你'泄密'。"

儿子的妈已经在喊我们爷儿俩吃饭,我只好说:"只要你是干正事……"

儿子打开我递过去的易拉罐饮料喝一口,说:"你记得我给你讲过我班转来一个新同学吧? 他叫王一钢,学习很棒的。他家原来是铁路西的。他妈是纺纱厂的,去年遭了车祸,瘫痪在床,他爹是残疾人原来是修鞋的,可今年脑出血去世了。他家也就特别穷,我去过他家,简直没法说……"

儿子两眼泪哗哗的。我说："我们可以适当资助他一点……"

儿子发急道："要是你处在他这种情况，会轻易接受别人的施舍？王一钢也特顽强呢。他不会低头。他趁星期天摆摊修鞋，我们班的不少同学，都给他揽生意呢。不过，随行就市，绝不多要价钱。"

看着我赞许的目光，儿子又补了一句："开始是我提议的呢。"

我说："儿子，你真的长大了。"

更 正 广 告

小套到鸿运来公司打工，经理叫他往报社跑广告。

广告词是"最新致富技术，从鸡蛋壳中提炼蛋白酥，技术好懂易学，一天之内可以熟练掌握。只要具备一间10平方米的平房，投入资金800元，一年确保可获利润20000元。该技术资料200元一份，请从邮政局汇款到D省B市E路88号鸿运来公司，款到即寄材料……"

小套对广告内容有疑问，说："投八百就能赚两万？"

经理满脸不高兴："这是技术部的事。你去完成你的任务吧。"

小套就往《电视周报》等几家报纸联系交费刊登广告。没多长时间，这些报纸全登出来。没过几天，经理交给他一份材料，要他仍在这几家报纸上登载出来。小套接过来一看，是"更正启事"，上写着"由于个别工作人员粗心大意，上次我公司所登广告有个别数字错误，特更正如下，'投入资金 800 元，'应更正为'投入资金 8000 元'；'一年可获利润 20000 元以上'，应改为'一年可获利润 200 元以上'……"

经理说："没有你的任何责任，是技术部错了，抓紧去登更正启示吧。"

这天经理又交给小套一个广告词："交学费 1000 元，可得到著名刺绣专家和高级技工编写的学习资料，学成可得到大专毕业证书，并保证由市三星刺绣厂录用为企业职工。"

小套又有疑问了："三星刺绣厂是有名的国有大企业……他们会录用?"

经理皱着眉摆摆手："这些事就不用你操心了。"

过了几天，经理又让他去报纸联系刊登"更正启事"："……由于个别工作人员责任心不强，广告中有个别错误，即更正如下：'毕业证书'为'结业证书'，'三星刺绣厂'应为'五星制绣厂'……"

小套知道这个"五星刺绣厂"和"三星刺绣厂"虽然一字之差，其内涵却有天壤之别！"五星刺绣厂是个体户赖老三开办的企业，工人在里边每天干十几个小时，没有节假日，一月才开一千多块钱，还拖欠工资不发，工人走了一拨又一拨，每一批人都是白干几个月，赖老三正是靠这个搞原始积累。"

小套正在胡思乱想，表姐梅兰来了："你在这里干事? 净赚缺德钱！我来退钱又不给退。鸡蛋壳做蛋白酥，说是投 800 元就能赚 20000 块，净坑人！按资料上说的买设备，花了四五千也没个边！您姐夫还在病床上躺着呢！今年连您外甥的学费也交不起了……"

小套听了也很难过:"又登的更正广告你没看到?"

表姐说:"俺乡下人看一张报都不容易,哪会成天跟着翻报纸看!"

小套想到这一段时间哭哭闹闹来找的人不少,但没有一个人得到退款。他明白了,这个公司就是打的报纸"日期差"弄虚假广告赚钱,你要找他要钱,他就拿"更正启事"搪塞你。

这天经理又来了,近来鸿运来公司财源广进,经理的脸上也笑纹密布。因为蛋白酥广告挣钱,经理要他在几家发行量很大的报纸上再登广告。小套就一声不吭地去了。花了公司三万元的广告费。登出来的广告是:"最新致富技术,从鸡蛋壳中提炼蛋白酥……只要具备一间 10 平方米的平房,投入资金 8000 元,一年确保可获利润 200 元。该技术资料 200 元一份……"经理看了大发雷霆:"你这样刊登,还会有一个人来买技术资料不会?谁叫你私改广告词?"小涛说:"不是省得你再去登'更正启事'了吗?"经理要他马上卷铺盖走人。小套说:"我也不想在这坑人的公司干了。不过,先发了这一个月工资再走。"经理不给,小套就告到劳动局,还是领了工资才扬长而去。因为这一闹,工商局也知道了,这个坑人的公司就被查封了。

名医梁一刀

梁惠勤医生是县医院业务骨干,外科的"头把刀",威信颇高,外号就叫"梁一刀"。

梁惠勤从不收"红包",在这个小县城里是有名的。一次,一个外地人在这里出车祸需要动手术,他父亲拿了红包摸到梁惠勤家里。梁惠勤坚持不要。老人急得哭起来,梁惠勤就收下了。老人长出一口气放心了。手术很成功。到出院的那天去结账,他们才知道梁惠勤随即就将红包交到收费室,顶了他们的住院费。

梁惠勤总是头戴白帽,一年大部分日子捂一个大口罩,仿佛感冒总不见好的样子。有人问,天气暖和了还戴口罩做什么,梁惠勤就说戴口罩好,省得跟半熟不熟的人说话。实际上戴口罩他也避免不了和人说话。这个小县城里有许多人单凭走路就能认出"梁一刀"。再说梁惠勤人缘好,人们碰到他总要打个招呼。他去菜市场买菜,卖肉的老汉将一块里脊肉丢到他车篮里。他说:"今天不吃肉。"他拿出来放回到肉架上,推车继续往里走。一个青年妇女骑车路过,将自己的一大捆蒜苔往梁医生车篮里一丢,骑上就走。梁惠勤就骑上在后边追,一直追出县城又骑了二里地。青年妇女下了车,没好气地说:"梁医生,你一直跟着我做什么?"

梁惠勤一愣:"你认得我?"

青年妇女好气又好笑："不认得你,我给你菜做什么?"

梁惠勤说："那是不可以的。你说,这是多少斤? 多少钱?"

青年妇女说："梁医生你好迂执,我那口子的肠梗阻不是你动的手术? 红包也不要,手术又做得好,给你把蒜苔算什么?"

梁惠勤掂量掂量手里的蒜苔,说："大概两千克,现在市场上五百克一般是三块五角钱,一千克七块,两千克十四块。"说着掏出十五块钱往青年妇女车篮里一塞,转身骑上车回去。

这样的事,几乎每周都要碰到一两起,而梁惠勤每一起都认真地给钱。

最让梁惠勤露脸的,是县一中学生崔小宝的手术。崔小宝肚里长了瘤子,来县医院就诊,主管业务的晁院长看有凶险,就推往一百里外的专科医院,专科医院说是不治之症。汽车拉回家全家人哭声震天。梁惠勤听说此事,捎信叫又送了来,请了省医院的同学来会诊,又亲自执刀,连续六个小时,肚子里挖出鸡蛋大的瘤子五六个。市委党报和市电视台都报道了,称梁惠勤为"勇于负责的好医生",一时间梁惠勤名声大振。

最近一段时间,上边组织的各种形式的活动很多,像"树形象义务劳动"就是其中的一种,要求医务人员打扫卫生,打扫过县医院又打扫县城大街,一直干了好几天还没干完,连正常的门诊都耽搁了。梁惠勤是农村长大的,体力活儿他很能干,口罩不戴了,大卦脱下来,拣废砖块,拾树枝,铲垃圾,额头上的汗珠不停地滚落下来。县长在县卫生局局长陪同下到现场视察,刚拐过十字就看到梁惠勤挥臂大干的形象,就问局长。卫生局局长说:"这就是勇于负责任的好医生梁惠勤。"

县长风闻过他的先进事迹,再看见这时的情景,十分感动,说:"是不是号称'梁一刀'的？事事响应上级号召,应该好好树这个先进典型。"

局长和县医院院长忙掏出小本记录。电视台记者就以梁惠勤等医生大干为背景,大拍领导视察的镜头。领导们偏还要往梁惠勤他们几个正在装车运垃圾的医生跟前走。几个边说边干的医生看见领导们带着摄像记者过来了,连忙停口。只有梁惠勤背对着这边毫无知觉,一边挥臂往车里装着垃圾,一边高声大气地滔滔不绝:"……白天累一天,晚上腰酸腿痛啥也干不成了!原本打算夜里赶写的论文也难写了,人家《外科医学》还等着发稿呢!咱医院这样干下来,光上午酒宴加劳动补助就得上万元,要是雇农民工,三分之一的钱都用不了!把咱当小工使唤哩!这不是社会资源浪费!还不如让咱到大街摆摊搞义诊!当头头的就是爱搞形式!不搞形式升不了官!哪管老百姓死活!住院部也抽人,门诊也抽人,耽搁多少病人!这样来搞政绩,简直是杀人!"

说话间,头头脑脑加记者早已站到了跟前,梁惠勤一抬头一下子愣住了。旁边几个医生忍不住笑了起来。梁惠勤搔搔头说:"院长,局长,我说的可都是实话!"

院长的脸拉得老长,几个县领导你看我我看你。停了一会儿,县长很诚恳地说:"直言不讳嘛!忠言逆耳利于行,听听各方面的意见很有好处,听听一线医务工作者的意见有好处嘛!"

原来还说要提拔梁惠勤当副院长,这下子没声了。只是这种形式主义活动也停止了。人们说,"梁一刀"不光治瘤子是"一刀",治形式主义也是"一刀"呢!

好 人 老 木

老木住在村东沿儿胡同里,那胡同朝西走通到村里的一条土路,朝东走是村外的一道沟,现在沟外筑起了通往乡里的柏油路,那条沟也填成了一道上柏油路的斜坡路。老木从来出门朝西走,从来没有朝东走,他今天傍晚不知怎么就想朝东走。

老木弓着腰,在家门口转了一个圈,就朝东一直上了柏油路。他想不起自己来干什么,在柏油路边又转了一个圈,忽然就看到了一个钱包。老木捡起来打开一看,里边厚厚一沓"伟人头",这才又想到今天仿佛是天意,一辈子没捡过一分钱,今天就捡了这么多。老婆的病医院一直说要手术,自己一直凑不起钱,这一下可好了。

老木欢喜着走了不到两步路,又想这是谁丢的钱呢?一般人出门是不会带这么多钱的。他想可能是谁去给家人看大病,带的住院钱,钱丢了家人的命也就丢了。自己给老婆看病也不能让人家丢命呀。想到这儿,他拿起钱包就大喊:"谁丢了钱包?"半晌没人应声,村里没人把他当成个人物,即使听见的可能还以为他在发酒疯。

老木想想又觉不对,要是穷人丢的钱会这么长时间不来找?可能是哪个生意人的钱。老木对生意人印象最深的就是村里办化工厂的老侯,老侯的化工厂成天污水横流。村里人患癌症的越来越多了,老婆患的肾炎听说也是污水惹下的,现在井水一股子怪味儿都不能吃了。要是老侯丢的钱那就是昧心钱,老木拿起钱包就往家走。

走了两步老木突然又站住。他想老侯虽然有钱却又吝啬又蛮横,要是丢了钱他还不去街上跳脚哭骂? 肯定不是他的钱。老百姓哪里会有这么多钱? 可能是哪位干部的钱。老木对干部印象最深的是村主任赖大头,赖大头把村里的机动地都承包出去,收回的承包费都装进自己腰包,又是盖楼又是吃喝嫖赌,还把告状的几个村民打得遍体鳞伤。要是他的钱,那就是缺德钱,拾了不用是混蛋!

刚回到家里,老婆却急急地问:"你捡老梁贵的钱了?"老木大吃一惊:"老梁贵的钱? 你咋知道?"老梁贵是村里的烧窑专业户,近两年砖瓦掉价赔了钱,偏他宝贝儿子又得了甲亢病,日子过得一天不如一天,他是听见了老木的吆喝,才来老木家里讨钱。老木就一路小跑到了老梁贵的家。老梁贵一见老木就没命大叫"急死我了",老木就把钱包递过去。老梁贵扭头对他老婆笑道:"咱家这一下好过了!"老木忽然醒悟,一把夺过钱包说:"你说你钱包里是多少钱?"老梁贵迟迟疑疑地说:"五六百?"老木说:"根本就不是你的!"老梁贵慌忙说:"你拿来,不管有多少钱,我都跟你对半分!"老木甩开老梁贵的手气愤地走了。

这时已是暮色苍茫,老木走着想着这事没法处理颇觉苦恼,不知不觉间又走到拾钱的地方,忽然想到最好的办法是让它哪里来到哪里去,于是又认真回忆和揣摩原来拾钱包的地方,弯下腰把钱包小心翼翼放在原处。这才松了一口气回家。

到家一说,老婆劈头盖脸就是一顿骂,说他太傻,太晕,太迷瞪,这样放那儿,路过看到的不一定是丢钱的,他拿起来就走不是拾个大便宜?还不如拿来放自己家,叫大队广播一下,等来人说出钱包模样和里边的钱数,咱就放心交给他。老木觉得老婆说得在理,就跟老婆一起急急地赶去,两个人在那里摸了好半晌,却再也没找到那个钱包!

鸡蛋的故事

那时候我们村很穷很苦的。记得那年我十岁,正上四年级。我们生产小队,一个工分值两毛钱,我们家六七口人,一年才分小麦几十斤。所以,只有走亲戚和过年才吃上白馍。每次过年我都要患病——逮住新蒸出的白馍拼命地往肚里填,怎能不患病?至于鸡蛋,虽然差不多家家都喂几只鸡,但除非生孩子或者患大病,谁也舍不得吃鸡蛋。那是家里仅有的钱袋。油盐酱醋,上学买书,还有冬天买煤,看病吃药等等都靠着它哪!但是越吃不上就越盼着吃,因此好几次我都做梦变成生孩子的女人,躺在炕上津津有味地吃鸡蛋。

那一天下午我正在麦场里打杂,听队长喊几个劳力往公社的粮站交公粮。这里边有我们的邻居梁七伯。我就缠着他带我也去,因为我知道交公粮可以到公社食堂里喝上丸子汤,所以听队长派活儿,我嘴里就涎水直流了。梁七伯是好人,经不得缠,就虎着脸训我:"去吧去吧,到那儿听话,不要乱跑。"我乐得恨不得躺地上打上几个滚儿，正要往场外跑，忽然听到十三婶叫我。十三叔是生产队副队长，十三婶却和我妈心事头儿不对，两个人还有过好长一段时间不说话。我妈常在家里说我："惹不起咱躲得起，别理那个狐狸精！"但十三婶挺待见我，这是我常常感觉到的。当下十三婶对我说："柱子，你也去公社粮站？你给婶捎卖一篮儿鸡蛋，你十三叔正领村人干活儿，你小琴妹和小粮弟一起生病，我真是走不开。"村里也有代收鸡蛋的，但每斤少给二分钱，所以大部分社员都是到公社供销社去卖。十三婶的两个孩子有病我是知道的。但卖鸡蛋在庄户人家是大事，十三婶能把这样的任务交给我，说明是看得起我。我心里高兴，想也没想就答应了。

那时都是草鸡，下的鸡蛋小，一斤就有十五六个。十三婶的鸡是上年的老鸡，今年以来一直不怎么下蛋。她家攒了这么长时间也就四五十个鸡蛋，满满一小竹篮子。我上前接过来，似乎负了重要使命似的心里沉甸甸的。

梁七爷他们每人用小推车推了四布袋小麦。他们几个一边掉着屁股拱着脊梁走，一边说着笑话。我可是一路上小心翼翼，连话都不怎么接的。

到公社那个村跟前，路上横着新挖了一个大沟，准备铺水泥管，这可是原来不知道的。梁七伯他们商量了一会儿，决定五六个人一起下手，一次招呼一辆车，大家嗨哟嗨哟地喊着号子，半抬半推地过去。我想我已经十岁了，俗话说"加个蛤蟆四两力"，于是就把鸡蛋篮儿放这边路旁，先去推车。一直到最后一辆小推车也上了那边的路，我才来这边拎我的鸡蛋篮儿。梁七伯说："学生，你可别把你十三婶的命疙瘩卖了！"我慢慢下到沟底，笑了笑就又拎起鸡蛋篮往上爬，一直到后脚踩上路面才像大人一般摆摆手说："没事儿。"谁知就是这一摆手坏了事，脚一滑，啪的一声摔了个仰八叉，头朝下连滚带滑地到了沟底。我挣扎着爬起来，顾不上浑身的疼痛先看鸡蛋，那篮鸡蛋早摔得满沟都是蛋黄蛋清和碎鸡蛋皮，连一个囫囵的也没有剩下！

梁七伯他们忍不住笑起来，但只笑了两声就望着满沟底的碎鸡蛋戛然而止。我只是呆呆地愣着，半晌也不吭一声。梁七伯就下来拉我，说："只要没摔坏人就中。"我突然朝梁七伯手上咬了一口，哇哇地大哭起来。在我心里，那时宁愿把自己摔死，也不愿意摔烂这篮鸡蛋的啊！梁七伯也有些恼，抖着手说："这孩儿，怎么成了狗咬吕洞宾？别哭了，你自己慢慢回去吧，我们还得去交公粮。"

我提着空篮子往回走，走着走着就下了路。我不敢回家去，在田野里深一脚浅一脚漫无边际地走，一直到苍茫暮色笼罩大地。我想梁七伯他们应该早回到家了。我想象十三婶正在麦场上挑麦，见到梁七伯就急切地问我咋没回来，听梁七伯一说打了鸡蛋，一下子软瘫在地上，手中的桑叉拍在腿上，全麦场的人都慌了神……走着走着，忽然前边一个黑影，定睛一瞧，是我的十三婶！她一把拉了我的胳膊急匆匆往路上走，看我一瘸一拐的，问："咋回事？"我哭丧着脸说："脚让柳茬扎烂了。"十三婶往下一蹲，两手抓起我的腿就把我背起来，一扭一拐地把我背到她家，往柳圈椅上一放，说："先喝了这碗水。"我朝方桌上的水碗里一看，里边两个饱腾腾的荷包鸡蛋！

我一下懵了，一会儿才愣怔过来，从椅子上滑下来，一屁股蹲坐在地上哭起来。十三婶说："柱子，不怨你……谁能不难受呢？

可是……"她停住了,眼泪啪嗒嗒地砸在地上。她扭脸看别处。我看见她的眼角有些瘀,鱼尾纹显得很深。好长时间后我才知道,十三婶听梁七伯一说当时确实是软瘫了,好一会儿才回过神来,一边掉泪一边对蹲在地上发愣的十三叔说:"柱子还不知多难受呢,鸡蛋没了……可不能再让柱子出个好歹啊!"她强撑着去借了两个鸡蛋……

见我还是哭个不停,十三婶突然转过身,一下子又将我掂在椅子上,骂道:"打几个鸡蛋多大的事儿?哇哇哭鼻子像个男子汉?还指望你上学出息呢……再哭我就真揍你了!水要凉了,快喝吧!"

那一次吃鸡蛋我一生难忘!

大 皮 袄

姜象棋又和退休回老家闲住的张老汉将棋杀得难舍难分,从早饭后直到夕阳西下暮霭沉沉都没有挪窝。老婆几次喊到跟前姜老汉都不搭理。最后一次老婆气得带着哭音大喊大叫:"象棋是你的命?黏住棋不要家了?不吃饭了?"姜象棋这才站起来迷迷糊糊地说:"就是就是,该吃午饭了。"惹得观棋人群一阵哄笑。

张老汉退休前曾几次夺得铁路局象棋大赛冠军称号,而姜象棋棋艺高更名不虚传,他夹着毛茸茸的大皮袄战遍四乡一百零八个村子从没翻过车。那皮袄是他胜利的旗帜成功的标志。还兴生产队时他曾被派往荥阳修黄河大堤，工地上遇见一个当地棋王叫赵什么。那人自称打遍天下无敌手，当地人众口相传说这样神的棋王几百年不出一个。两人当着众人面儿击掌为誓决一雌雄，姜象棋就押上家里的三间旧草房，赵棋王就押上他毛茸茸的大皮袄。那皮袄是赵棋王当保镖的爷爷在恭王府得到的赏赐，据说千金难求，为了侠义为了声誉赵棋王真格儿破釜沉舟了。

观众里三层外三层无人敢大声出口气。姜象棋盘腿稳坐先横当头炮，赵棋王马二进三出手也不凡。不到一个时辰姜象棋就先输一盘，吸一袋旱烟他头一扭就再上阵，这次连扳回两局最终反败为胜。有人欢呼有人议论有人叹息一时人声嘈杂。赵棋王想也不想就双手奉上那毛茸茸的宝贝大皮袄。姜象棋忆起往事儿不胜激动，咱姜象棋打遍四乡无敌手，图名不图财，日后不管你们谁赢了我，立马儿把这大皮袄转赠，咱说到一定做得到。

这天来了个很帅气的年轻后生，说是久闻大名特意来会会棋友。其实这小伙子专程前来不为棋亦不为友，只是为了姜象棋的三闺女。两个人卿卿我我已经半年多。也怪姜象棋沉湎于象棋没日没夜研究棋技，对小女儿的爱情虽多少有些耳闻但并不十分清楚。这后生本是体育学院的大学生，学校里都知道他参加过全国象棋大赛功底深厚，这次有备而来就是要让未来的岳父先熟悉自己再赏识自己。

两人一上午连着鏖战三盘，每一盘帅小伙都巧妙布局，攻势凌厉，可最后总是功亏一篑老将被擒。小伙子跺脚叹气做出悔之莫及的神态，心中却暗暗得意：老岳父既知道了自己棋艺不凡又落了个皆大欢喜。可这未来的岳父却眯起眼睛瞄他足足有两袋烟功夫，仿佛在认认真真读一本书。未来的岳母已经炒好盘子拿出好酒正要上饭,姜象棋突然瞪圆眼睛对小伙子大喝一声:"你给我滚!"

要不是自己的亲密女友就是老家伙的三闺女,小伙子拼了命也得跟老头子打上一架出出窝囊气。他在村边转了一圈又一圈终于灰着脸再来找姜象棋开战。小伙子脸上恼咻咻心中气恨恨地想:你既然不要好,我这一次就跟你来实打实的,我要叫你知道马王爷三只眼,叫你知道锅是铁铸的!于是仙人指路、拱卒跳马,姜象棋沉着应对脸上反倒阴转多云又转晴。

两个人盯着棋盘都没有一句话,只听得木头棋子啪啪地响。两个多钟头下来小伙子已赢了三局,最后一局还是小卒攻心活吃老帅。姜象棋额头上腾腾冒着汗,啪啪地摔了一个大砂锅。小伙子哼哼冷笑两声刚出门,姜象棋瞪圆网着血丝的大眼追出来,大吼一声:"你给我站住!你给我把它拿走!"小伙子没回过神来却觉胳膊猛地一沉,低头一看自己搂了条毛茸茸的大皮袄。

酒后吐真言

我是万福化工厂的办公室主任,丁一是副主任。我俩不仅是搁班伙计,还是无话不谈的好朋友。丁一工作勤快,恪守职责,说话也坦率真诚,就是一有机会就要喝上几杯,此外就找不出他的毛病了。

这一天税务局稽查队来检查了,企业上下顿时进入"一级战备"。要说也真该查。我们这个化工厂,一年产值一千多万,净利润二百万,按说光增值税也得上百万,加上所得税交二百万也不多,可我们每年至多交十万元。我和丁一私下里也看不惯,可是总不能胳膊肘往外拐吧?"经营不正规,各项费用大,每年都是个原打原。""市场很困难,就这个税金还是咬牙挤出来的。"

丁一也点头哈腰随着我和财务科长说:"是这样的,是这样的。"老板不在,中午照例是我做东,在皇冠酒店请客。丁一开始比较拘谨。他给客人敬酒,客人让他喝几杯他就喝几杯,才个把小时他就脸也红了眼也圆了,不一会儿就吆五喝六,拿小碗倒酒和客人拼起酒来。我连忙劝他。他瞪大眼睛:"我的酒量海着呢! 你们谁能喝翻我?"

酒宴上的气氛更加热烈。正在觥筹交错,丁一突然大声说:"这年头,不偷税漏税,咱万福化工厂能赚钱?"

我连忙拦他。他一下子摔打了一个酒瓶,高声吆喝说:"光咱买红星厂的进项税票,也少交税几十万,那可是咱厂花五万块买的税票,犯法!"

税务局的人本来没有查出什么,听到这里全愣了。全体人员在此,谁也不好掩盖。结果下午税务局抱走了全部账本。虽经我们到处托关系,还是补税一百万罚款一百万。二百万元钱跑了不说,老板正在报材料的市人大代表也一下子没影了。

出了这场事后,丁一几乎被开除掉。经我再三说情,也是为了影响,老板才勉强让他到车间当了一名操作工。

这天环保分局来检查了,陪同的还有市报记者。老板没露面,他已经私下给分局局长和带队的检查组长做了分量足够的"表示",就委托我把这件事摆平。

说实话我们厂排出的污水有剧毒,水流过的地方草都不长,排到白马河里,小鱼小虾都死个精光。下游的几十个村子,患癌症的越来越多。村民成天上访。要不是我们厂长的关系网,企业早被关门了。私下里我和丁一很看不惯,可检查组来了,总不能胳膊肘往外拐吧?

于是我做东,仍然到皇冠酒店。酒过三巡之后,客人正在回敬我们酒,丁一带着两个车间工人来了,大大咧咧地说:"环保局来人了,我们工人也来敬杯酒!"

我一愣,丁一的脸红腾腾的,圆眼瞪得像豹子似的,就知道他们在别处喝了不少酒。我连忙起身劝阻道:"丁一,你们的心意客人领了。看样子今天你们已经喝了不少,还是先回家休息吧。"

丁一端起小碗倒满又一饮而尽道:"我先喝为敬,我酒没喝多。可咱厂偷安在白马河底的排污管不能叫客人往上报,咱厂天天后半夜打开污水闸排污的事也不能往上报……"

完了,完了!记者也在场,环保局就是想不查也办不到了。于是这个化工厂被查封,还在省市报纸电台上曝了光。丁一呢,又到信息公司找到了工作。他还是爱到酒店喝几杯,喝过之后还爱哼小曲:"这一仗打得真漂亮!"

姚清与他的得意门生

　　江亮是姚清的一个学生,也是他的骄傲和自豪。亲朋聚会,他说得最多的,就是江亮怎么怎么的。

　　当年江亮上高中,没几个月就因为家穷而辍学。姚清专程到江亮家,苦口婆心劝他的爹娘,以后又资助江亮读完高中。江亮争气,考上了名牌大学,大学毕业后分到省城,后来进入后备梯队,不过十几年工夫,成了端山这个县级市的市长。

　　姚清退休后执意回老家端山市依山镇居住,多年没联系,没想到江亮就在这里当市长,他很兴奋,眼睛放光,走路也增添了力气,说:"看来,来老家度晚年来对了!"每当电视台播江亮讲话的镜头,他总是专心致志从头看到尾,电视里听众鼓掌,他在电视机前也鼓掌,电视里掌声停了,他这里掌声还在响着。

　　他的孙子小贵没考上大学,老伴儿说:"是不是去找找江亮,给小贵找个工作?"

　　姚清怒道:"江亮在政府当一把手,日理万机,咱诸事帮不上忙,再给他添麻烦?"

　　他侄子在交通稽查站当站长多年,想提拔到交通局去当副局长,托大伯找江亮说情。姚清也直言拒绝。

　　村里想修学校房舍,想让姚清找江亮跑些钱。姚清没有去,他把自己多年积蓄拿出来,又冒酷暑到省城找到几个开公司的学生,筹来二十万元。村里的干部也没说的了。

但有件事姚清无论如何也脱不开身。依山镇新建了个化工厂,烟囱直冒浓黄色烟雾,还不停往外流带着黑色泡沫的臭水,呛得人透不过气。许多人到姚清家,要求他向江亮反映。他们说:"这是江市长亲自抓的招商引资项目,江市长不说话,谁也管不了!"

姚清咳嗽一阵,亲自执笔,写了长信反映此事。最后署名:一个退休老教师。大家说:你得署上自己名字啊! 姚清摇摇头说:这样更有力,我的字体他认得的。

封好用挂号信寄去,没有回音。姚清再写一封,让村里的小伙子专程送到市政府,还是没有回音。有人说,姚老师你说没用的,化工厂老板,和江市长铁哥儿们,给江市长这个的。那人说着两个指头做了一个数钱的动作。姚清一反常态红着脸喊,胡说! 姚清开始失眠,越发显老了,脚步疲沓,眼光混沌。他又熬了两夜,再次写了一封长信,这次工工整整署上自己的名字,并特地写明江亮亲收,用特快专递寄给江亮。但仍无回音。

姚清去世了,在昏昏荡荡的天空里举行了葬礼。省城的学生听说了,专程来吊唁,并去找了同学江亮。

江亮刚刚听取完市信访局和公安局关于依山镇群众大规模上访的处理结果汇报,显得有些疲累,听老同学说姚老师就在依山镇居住,很惊讶:"我咋不知道? 咱去看看他。"老同学说:"已去世了。去世前给你写了好几封信。"江亮说:"没有啊。"他让秘书寻找。办公室的一个房间专门堆放群众来信,许多都还没有拆封,秘书刨了半晌才挑出姚清的几封信,江亮随便拆开一封看几眼,轻轻说:"哦,也是反映化工厂污染的。"秘书走开后,老同学说："听师母说，姚老师临死前还喊着你的名字，江亮、江亮……"
江亮很久没有说话。

两 代 蛇 王

石柱住在青石屋，距山村不过十几里。屋后是山，山上有溪，清泉淙淙的溪两岸，灌木丛生，草木中常有"烙铁头"游动，其毒牙尖利，毒液剧烈，石柱父母皆惨死于蛇口。

转眼石柱成人，村人劝其搬回村里居住，石柱凛然摇头。特制一根八尺木棒，一端装有铁锤，一端装有利刃。爬山蹿坡，披荆斩棘，用它打草惊蛇。遇毒蛇必扼其颈，碎其首，剥其皮，食其肉。家中四壁钉满蛇皮，地上蛇骨狼藉。数年之后他颜面愈红润，骨骼愈强壮，手臂青筋奔走若游蛇，力气愈大。山那面老林子里有一盘巨大"烙铁头"，身长六尺有余，连伤数头牲畜，连村头头家的狼狗也死于其口。石柱遂持棒上山，与毒蛇相持数夜。蛇缠石柱数匝，石柱紧扼其颈至日上三杆，蛇力不支，终为石柱所毙。于是石柱蛇王名声大震，青石屋亦以蛇王象征名闻遐迩。村里后生竞相奔走于石柱青石屋门下，地上埋刀下套，兼以烟熏火燎，捕蛇俨然已成为山村主导产业。那年天灾人祸，饿殍遍野，石柱与山村人赖以蛇肉果腹，竟得安然无恙。

石柱35岁时，山村来一细腰讨饭女，年方十八，肤如凝脂。众人说媒将其孝敬石柱，年后得一小子，起名曰小刚。小刚日见长大,送往学堂里读书。然而小刚颜面白皙,手指细长,又见蛇而惊惧。石柱以子不类他为憾事,不甚待见,遂一心一意捕蛇,无暇旁骛。全村捕蛇范围日广,蛇源日见枯竭,虽伐木挖草聊补生计,终是生活日见困窘。且山上清溪由清澈而混浊,由混浊而干涸,由干涸而发泥石流,泥浆如沸,巨石轰隆冲到村口。村人惊骇,东避西走,见山外人家青砖红瓦,小楼鳞次栉比,许多人西装革履,面带春风,山里人疑惑之外,亦生羡慕之情。

小刚已大学毕业,个头超过其父,说话颇类其母,慢声细语询问村里街坊:"为何年年发泥石流? 为何老鼠成群?"

街坊皆曰:"泥石流恐怕是天意。后一个问题嘛,蛇少自然鼠多。"

小刚又问:"咱们停止捕蛇,停止伐山,可行?"

街坊道:"你问我们? 我们还得问村主任。"

小刚又问村主任,村主任道:"你问我? 我还得问你爹。蛇王村里一杆大旗,啥事不同他商议?"

小刚又问父亲。蛇王正为数月来捕获甚少而焦躁不已,不耐烦地答:"咋就那么多难题? 日头从东到西,又从西到东,天天不都这样过?"

小刚又讲道理,无非是"环保""可持续发展"之类,蛇王听不甚明白,一个巴掌扇过去:"不抓蛇伐山,嘴巴糊到墙上?"

小刚捂了肿胀的半边脸出山,两年后背一袋子书回到青石屋。思子心切的老蛇王闻讯赶来,却见屋门外竖一白底红字木牌,上书"河南农学院毒蛇养殖场",几个精壮后生正围着小刚喊喊喳喳,言语间皆有贬损捕蛇伐山之意。石柱不由又心生怒火,飞起一脚将木牌踢出十多丈远。

　　小刚在木牌跌落处开垦土壤，建水泥蛇池，池边搭了帐篷。村里六七个青年男女甘听小刚将令，又有大学教授数次前来指点，养殖场两年已成光景。小刚和教授将第一批成蛇放归山野后，持续辛苦繁育，养殖场内群蛇游乐，山里参观讨教者与山外来谈蛇取蛇胆者络绎不绝。老石柱白天面带不屑之色，然常常于夜深人静之时逡巡池旁。一日忽听一娇女说道："养蛇万条，今年收入能到百万，小刚你才是真正的蛇王！"另一哑男声道："明年扩大养蛇规模，再加上深加工，收入将来要超千万，小刚你蛇王名声得打到国外！"老石柱默然良久，长叹一场连夜搬回山村居住。

　　小刚闻讯，忙赶往山村老院看望，走到院门口，听老父亲正向谁讲："再不武装科学脑瓜，乱砍乱抓，咱村外村里都完蛋，还是养蛇致富路正……"

　　听着听着，小刚阴沉了五年的脸上，露出一缕欣慰的笑容。

比全世界幸福

　　小虎从来就认为自己是一个幸福的人。他虽然父母早亡，但慈祥的外祖父和外祖母像亲爹娘一样把他养大，初中毕业后就跟着外祖父磨豆腐卖豆腐。外祖父外祖母去世后，他和表兄表嫂合作卖豆腐，相处得很好。后来表兄表嫂到南方打工，他就接了做豆腐卖豆腐的全套家当。

　　小虎卖豆腐一开始是像外祖父一样推着小推车。俗话说

"推小车,不用学,只要屁股掉得活!"小虎当然也是左一下右一下掉着屁股,还大叉着两条胳膊握着车把杆,肩膀上搭一条麻绳编织的带子,那带子还编进红色的绿色的丝线,汇成美丽的花纹,看上去十分惹眼。这条丝带是隔壁邻居孙二嫂为小虎编织的。为了这个,小虎整整给孙二嫂家送了一个月的豆腐,一直到那一天,孙二嫂嗔着脸撕扯他的白小褂,硬是把当天的豆腐钱给他装进口袋里。

现在,小虎已经不推小车了,骑着一辆绿色的三轮电动车,可是车前仍旧缠着那条编织带。近些年时兴健康食品,小虎的豆腐作坊干净,又是只用姜汁点豆腐。他的豆腐白、嫩、硬,在小镇打出了声名。更叫人感兴趣的是,小虎的吆喝声委婉动听,仿佛像是唱京剧,或者是流行歌曲。他喊"卖豆腐——豆腐啰——"前一个短句由高到低,像是瀑布由山顶冲下,跌落幽谷深潭中发出的回响,后一个短句又由低到高,像是一条彩虹从雨后的大地抛物线般斜斜伸向天空。所以说,听他的吆喝是一种享受,或者说是这个小镇的一景。往往是小虎吆喝过,就会有淘气的孩子跟着他学喊,但是没有一个有他喊得字正腔圆。

孙二嫂有一个妹妹叫小芳,高中毕业没考上大学,跟孙二嫂一块招呼小商店,听到小虎吆喝卖豆腐,就停下手中的活计静静地听。有时小虎的吆喝声拐进曲曲小巷,这个姑娘就不由自主地走出店门,随着唱喊声的余音向前跟,一直走到胡同口上,往里边探望。孙二嫂碰见几次,就知道这姑娘有心事了,就问妹妹,一问妹妹红了脸,再问妹妹点点头。于是孙二嫂就给小虎提媒。小虎见过几次小芳,心中着实钦羡,哪想到自己有缘?一说一百个赞成。于是就按照孙二嫂的安排,两个人进行了"见面礼",小虎给小芳买了一块手表，一辆电动车。小芳给小虎亲手打了一身毛衣毛裤。小虎舍不得穿，放在家里柜角，每次回到家，都要去捏捏摸摸它，好像小芳就在眼前一样。

这天，小虎刚刚卖完豆腐回到家中，孙二嫂的眼睛红红的，推了小虎给小芳买的电动车过来，说："小虎，小芳说了，退了亲吧。"小虎一下子坐在床上，愣怔了好久，才打开柜门，把那套毛衣毛裤拿出来，双手捧给孙二嫂。孙二嫂拔脚就走，临出门，回过头来说一句："小虎你好狠心！"小虎结结巴巴地说："你们退亲，咋是我狠心？"孙二嫂就说："你真不知道？"小虎说："啥？"孙二嫂说："小芳不想耽搁你——小芳这一段一直肚疼，今天检查结果出来了，肝癌！"小虎跳起来，一下子从孙二嫂的怀里夺过毛衣毛裤紧紧抱在心口，好大一会儿，又放回柜里。他推了电动车到孙二嫂的家里，说："哪怕到天涯海角，也得去看好病。"小芳的泪水就涌出来，说："你个傻、傻小虎，这种病是看不好的。白拖累你了。"

小虎也没有见过世面，怎样看病就听孙二嫂的。每次出来到大医院，他都是咬着牙跑前跑后。他总是笨口拙舌说小芳："别难过，没事，会好的。"到省城把小芳安置好，他总是蜷缩在人家房檐下，说："能省一点是一点，我身体壮着呢。"他把自己辛辛苦苦积攒下来的钱全部交给孙二嫂，每天卖完豆腐也不点钱，卷成一卷都拿到孙二嫂家。他依然高声吆喝"卖豆腐——豆腐啰——"但和以前的声调不一样，虽然不显多么哀痛，但明显多了悲壮的色彩。

这天，孙二嫂从省城大医院回来，直接来找小虎。小虎看见孙二嫂的眼中闪烁着泪花，就硬着头皮说："二嫂。"孙二嫂把一张检查单递给他,他疑疑惑惑说:"小芳她——"孙二嫂说:"医生会诊了,小芳不是肝癌,只是一种特殊的血管瘤,吃两个月药就会好的。"

小虎怔怔的,孙二嫂又说一遍,小虎听清了。他拿起检查单又仔细看一遍,一下子跳起来多高:"我最幸福! 我比全世界的人都幸福!"

黑蛋请教授

黑蛋在县城买过除草剂,又拐弯到新华书店,按照出家门时儿子写的书名买了辞典,就紧走慢走往汽车站赶,身上热起来,汗津津的,喉咙眼也燥乎乎的。一看旁边正好有一个凉棚,卖主正吆喝着:"来吧! 冰凉饮料! 冰凉矿泉水,椰子汁芒果汁!"

黑蛋正要上前入座,一听价钱,止住脚步,思忖片刻,四下打量,折回头到附近一个大院里,找到卫生间,寻摸到自来水龙头,嗑住灌了个饱,顿觉心爽身轻。刚出来,便听前边拐弯处扑哧一声响,他循声望去,一个黑皮包已歪在墙角。黑蛋跑前掂起,沉甸甸的,打开一看,却是几本厚墩墩的书:《作物栽培新论》《小麦抗性》等。黑蛋就觉眼前一亮,望望前边,只有一个穿藏青色衣服小个子的身影,料定是他的东西掉下了,便喊着一路追过去。

那位小个子步履匆匆,直钻进开往郑州的大巴。黑蛋一溜烟儿跑上,抓住他的臂:"您的包掉了。"那人似乎吓了一跳。黑蛋双手递上黑皮包，恭恭敬敬又说一遍，那人方恍然大悟，接过来，一迭声地感谢。

黑蛋怀揣十二分热情与那人攀谈，得知对方是农业大学教授，不由又添几分尊重，就十分不好意思地向对方要名片。对方摸摸口袋说，这次带的用完了，你记一下我的电话吧，顿时叫黑蛋感动万分。

这时忽拉拉地拥进一帮人，摩肩擦背，车上人挤得满满的，流水一样晃来晃去。黑蛋怕自己身上溢出的油汗脏了教授衣衫，又怕人们挤着教授，腿拦臂撑，十分吃力。隔着车玻璃，他望见大巴跟前就有辆出租车，灵机一动，以暴发户的气魄（虽然家境距暴发户十万八千里），下去讲好了价钱，又掏出一百多元钱，让出租车将教授送往郑州的省农业大学。

黑蛋带着写有教授地址的纸条，到家天已擦黑。他怀着八分自豪向老婆叙说这件事。老婆一番欢喜驱除了他两分心疼："就是花钱送他到北京，我都不惜呢。舍不得孩子打不得狼，谁不知东李庄李二套请人送礼，拐七托八，沾摸住一个教授，青储饲料养牛，两年就赚十几万！不是该咱时来运转，哪能有那么好机会？亏得你男子汉好眼光！"

两三天后，派出所的人开车来找黑蛋"取证"。原来黑蛋掏钱送走的，是一个取走里边值钱东西抛掉所偷黑包的小偷！黑蛋气得倒噎气。

于是村里便传起了歇后语："黑蛋贴钱送小偷——想请教授哩。"

这话新颖有趣，一直传到东李庄。东李庄住着黑蛋老婆的姐家，姐姐得便就来劝慰黑蛋两口。黑蛋媳妇听姐姐学说那歇后语,神情有些尴尬,心里老大不高兴。黑蛋愣怔一会儿,脸上露出狡黠的笑容:"有意思,传吧,传得越远越好。塞翁失马,焉知祸福?"老婆和她姐姐都没喝过中学的墨水,弄不懂这深奥古典,听黑蛋说得自信,倒没了话接。

后来倒真的应验了黑蛋的话呢。省农业大学组织的农村帮扶工作队下乡,在黑蛋他们乡里选点正好选住东李庄,本来没黑蛋他们村什么事,可在东李庄听说了这有趣的歇后语,跟着便知道了这有趣的故事,哈哈大笑的同时,又十分感动,商量之后,便派来了一位副教授指名道姓专门来帮扶黑蛋,调查后量体裁衣给黑蛋设计了中药材种植。第一年下来,黑蛋家净收入就五六万呢。老婆对黑蛋真是服气得五体投地了。

朦胧的月光下

还不到五更天,福全老汉就醒了,屋里黑咕隆东的,窗户上微微泛着白。他没开灯,摸索着穿上衣裳,慢慢地开了门,到厨房后边,把装满了麻袋包的平车拉出院子,又趿回来,溜到儿子住的东屋窗下。屋内黑灯瞎火,只有轻微的鼾声。他长出了口气,拉起车往西街奔去。

灰暗的云块遮严了天,周围静悄悄,大地酣睡着。福全老汉拉着平车,想起了吃里爬外的儿子,心里不禁暗恨道:"旁人说俺猴一样精,你小子也跟着瞎起哄!猴儿精咋?不偷不抢钱来得正！去年他们都种粮，咱偏种菜，就多五六千块钱！没想到你和老子过不去，跟憨二贵弄啥'信息互助会'，能得出格了！咳，养了个扒豁的儿子！要不是看你独苗金贵，早叫你分家另过了！"

出庄不远就是辘轳弯，那儿有棵大杨树。福全老汉打算到大杨树跟前就歇一会儿抽袋烟定定神儿。忽然，哪里似乎有点儿声响。福全老汉猛刹住车，竖起耳朵静听。哪有一丝声音？走吧，三百块钱又要到手了。福全老汉拉起车就要走。可是，确实听到了声音：嚓嚓嚓——声音越来越响，是脚步声。这里边有儿子，决不会错，有他的脚步声！砸锅了，这趟买卖又黄了！不祥的念头攫住了老头的心。上一次不就是这？好不容易打听出兴德镇缺葱，价钱大，下货，起了个五更，刚出村口，便被儿子跟踪上——后边还跟了十来辆葱车，大摇大摆一起进了兴德镇，连憨二贵也跟去了。唉，车多咋会不碍路？咋能不抢生意？可乡里乡亲，又不好抓破面皮。自己窝憋一肚子气，落得个大伙儿欢喜。

唉，家贼难防呵！望着越晃越近的黑影，福全老汉身子一软，跌坐在地上。

"爹——"果然是儿子，还领着一个人，跑到了跟前。

"爹，你去卖辣椒，咋不吭声呀？"

福全老汉想狠狠骂这个胳膊往外拐的不肖儿子，但嘴里嗫嚅几下，竟没发出声，心想：这次我任凭辣椒都烂到家里，也不会引你们都去。

"爹，你是上杨村收购部吧？"

啊！我对谁也没说过呀，谁的耳朵神？这小羔子是要我的好看儿来了！福全老汉这样想着，身子竟一阵阵瑟瑟发抖。

"爹，别去了，杨村收购部昨天下午五点停止收购。咱庄的辣椒准备运河南岸哩。俺信息互助会与人家联系好了,分三等:五块、三块半、三块,比杨村收购部价钱还高呢。"

"真的?"福全老汉忍不住接了一句,声音沙哑,还带着哭腔。

"当然是真的! 大伯,合同都订好了,咱全庄的还不够卖呢。"

福全老汉又是一惊,怎么是个大闺女的声音? 噢,是憨二贵的闺女,儿子封这个漂亮闺女信息会秘书什么的,庄里人都风传她跟儿子好上了。他吭吭哧哧要起来,儿子和未来的儿媳妇忙去搀他站起来。他心里的结解开了,却不知道说什么好。儿子拉着车返回去,未来的儿媳一路上跟儿子谈笑风生,福全默默地跟在后边往家走。

东风大了,云彩被风吹得淡了,月光更亮了些,地上朦胧地显出三个晃动的影子……

苹果绿宝箱

没多大工夫,良种场就成了一片汪洋。

山洪撞开上游云岭水库的大坝,冲出河床,铺天盖地地涌过来,紧紧围住红楼腰身,不一会儿,又跃上它的顶端。

场长老鲁被挟卷到一处较开阔地的山沟里,洪水时而拨他转个圈儿,像是在戏弄一片树叶。他忽然听见"快向这儿游"的喊声,一愣又咕咚咚灌进几口浊水,但他毕竟添了力量,拼命向喊声处游去,终于游到岸边,抓住上边伸下的树枝,狼狈不堪地爬上

去。搭救了他的两位部下——办公室主任老刘和会计老胡也是刚刚脱险,一副惊魂未定的神色。

云淡了,雨小了,水面上时而漂浮过杂乱器什和家禽家畜的尸体。鲁场长非常感伤。忽听老胡惊喜地叫:"那不是大李?"

大李是场里的技术员,地区农林系统在云岭水库游泳比赛,他独得两项冠军呢!因此,鲁场长不由跺脚骂道:"妈的!还肉什么?还不快游过来!"老刘老胡便将手卷成喇叭,扯着嗓子喊:"大李——快向这儿游。"

大李显然听到了喊声,还朝这边举了一下手,但是却游得越来越无力,似乎只是随着水波起伏。这时,一根木条正在离他很近的地方漂过,大李猛地向前一蹿,想抓住它,但没有成功。就在这个当儿,岸上的三个人都清楚地看见了大李腰间绑着一个绿色箱子。

是那只苹果绿宝箱!鲁场长脸阴沉了。那是大李继承姑母的遗产,厚厚的铜板,外边漆成苹果绿色,里边装着银圆、首饰,鲁场长开过一次眼界的。怪不得大李游不动。鲁场长气愤地骂道:"财比命要紧!妈的财迷心窍!"

老刘老胡拼命朝洪水中的大李打着手势:"快扔掉箱子!快解开箱子——"

几十米外的大李在渐渐沉下去,却丝毫没有解开箱子的意思。一阵波涛涌来,他没入水中,又露出头来,竟然像不会水的人那样扑腾起来,终于又沉下去,水面上形成一个小小的旋涡。

老刘老胡的喊声停住了,泪涌出来。鲁场长使劲揪自己的头发,声音像受伤的野兽:"这个贪财精!有枪我非毙了他不可!"

洪水过后,在五十多里外的沙滩上找见了大李的尸体,那衣服仅剩下几缕布条条,可腰间仍牢牢地缚着那沉甸甸的苹果绿宝箱。

要坍塌的红楼废墟旁,举行了简单的殡葬仪式。当白发苍苍的大李父亲抽泣着打开苹果绿箱子的时候,全体在场者都愣住了:里边只有黄灿灿的玉米,红艳艳的高粱,一大沓子钢笔字写的材料。人们都一下子想起来:那是刚试验成功的云岭一号玉米种子和山优五号高粱种子,那是大李十多年的追求和心血啊!

兄 弟 俩

刘拴牢是有名的神枪手。那次在杨女湖畔打靶,刘拴牢最后上场,却连打三个十环。首长说,好! 不知你打活靶怎么样。刘拴牢就问啥活靶。首长弯腰捡起一个瓦片,用力朝水中一撇,那瓦片便在碧水中欢快地钻进钻出。首长说,就这个。说时迟,那时快,刘拴牢一抬枪,啪的一声响,瓦片在水面上粉碎,红色的粉末随着水纹扩散。周围的欢呼声中,刘拴牢已经神态自若地吹起了口哨。欢呼声落下后,那悠扬的口哨声便格外动听地回响在旷野,有时像琴弦,有时像洞箫,周围的人一声不吭,都沉浸到他的哨乐声中去了。一直到他停下,首长才竖起大拇指说,好样的,双绝。不过,大战在即,现在不好说调整,战后你到文工团来吧,文艺上的人才更难得。

1948 年冬,刘拴牢随华东野战军参加了淮海大战。歼灭黄百韬集团后,华野于 12 月上旬将从徐州仓皇南逃的杜聿明集团 20 多万人马包围在陈官庄一带,然后步步紧缩包围圈。根据总前委部署,到 1949 年元月 5 日才发动总攻。总攻前的这一段时间,我们主要是挖掘战壕,尽量接近对方阵地,我们称为对壕战术,而对方也拼命阻挡我们,双方都靠狙击手来扰乱对方。刘拴牢自然而然地成了一名狙击手。

当时刘拴牢所在的旅受命接替十六旅主攻夏庄。夏庄阵地敌人的狙击手也很了不得,在刘拴牢进入这里的阵地之前,我们的战士仅因为冷枪受伤和牺牲的已经有七八个了,对壕战术受到了严重影响。刘拴牢上阵先花了两天时间,一点点地观测,认真研究对方的阵地,研究圩墙、战壕和鹿寨暗堡。从第三天起他开始射击,当天就击中了敌人两名狙击手。

敌人的狙击活动仍很猖狂,通讯员送命令,也被对方发现踪迹,冷枪打到了肩上。首长命令我们的狙击手加大打击力度。刘拴牢跑到阵地的东侧,把枪支好,用一根棍子挑起一个军帽,慢慢地伸出堑壕。乒乒两声响,军帽穿了两个窟窿。趁着这个间隙,刘拴牢霍地伸出头,瞄着枪响的地方狠狠地扣动扳机,对方的脑袋开了花。

两天过后,对方的火力受到了有效地压制,可是我们挖掘战壕,仍然受到对方的冷枪干扰。根据对方开枪来判断,他们现在只剩下一个极为顽强、狡猾的狙击手,出手很机敏,给我们造成很大威胁。刘拴牢想从我们的交通壕绕到对方侧面解决他。但是敌人的狙击手似乎早有觉察,在圩墙的拐角处挖了枪孔,声声冷枪封锁着我们。刘拴牢故伎重演,用棍子挑起一个军帽,慢慢地伸出堑壕,但没有丝毫动静。刘拴牢感觉到了潜在的危险,把军帽在堑壕沿左右缓缓移动,仍然没有动静。刘拴牢把头猛一下露出堑壕,又迅速缩回去。敌人的狙击手迅速击发。一声枪响,子弹准确地射向刘拴牢露头处的堑壕沿,子弹贴着堑壕沿一溜白烟飞向后方。好危险!好狡猾的对手!

师政治部文工团来前线开展宣传战,首长要求战斗部队配合。文工团的战友们在前线又是敲锣,又是打鼓,高声唱"我军歼灭黄百韬,杜聿明插翅也难逃,早些投降把枪缴,还能把饭来吃饱。"指导员让刘拴牢也来一曲口哨。因为没有完成狙击任务,刘拴牢没心思娱乐。但是指导员说了,刘拴牢还是吹了一曲,吹的是"蟒河滩的马兰花",这是家乡的民歌,曲调很优美,歌词大意是:蟒河滩的青草铺满了银白色的月光,涛声在轻轻地歌唱,河滩上的马兰花,放着幽幽的清香,劳累了一天的小伙子来到河滩,等待心中的姑娘。一时间大地静悄悄的,唯见满地的月光。

忽然,指导员推推刘拴牢的肩膀,刘拴牢抬头一看,可不是,敌人的战壕里有人伸出头来朝这里张望,但是还没有捕捉到目标,那人影倏尔忽逝。

刘拴牢说,让我去干掉这个家伙。刘拴牢掭了长枪,弯腰沿着战壕,走到最前沿,平端起了长枪,等待着机会。当时正值寒冬季节,朔风凛冽,还飘着米粒似的小雪花,刘拴牢紧握着冰冷的长枪,等待着机会。突然从那边传来了刘拴牢熟悉的口哨声"蟒河畔的马兰花",也是那样响亮,那样优美动听。刘拴牢脸色煞白,一下子斜靠在战壕的后坡上。

刘拴牢向首长做了保证,要活捉这个顽敌。后半夜,刘拴牢掭起长枪,又到战壕的最前沿。刘拴牢已经无数次研究了这里的地形,在已被炮火犁松了的坟堆后,是一个不大的凹地,原来还存有浅浅的水,结了一层薄冰,经炮火覆盖过,已经成了一片泥泞的软土。刘拴牢匍匐到坟堆跟前,一个突然的跳跃,进了这个凹地。刚刚抬起头来,就见黑洞洞的枪口正顶在刘拴牢额头的前边。刘拴牢大吃一惊,但紧接着就轻轻地吹起了"蟒河滩的马兰花"。这时对方的枪口一点点垂了下去。刘拴牢吹着吹着泪眼蒙眬,他喊一声"狗剩!"对方扔下枪扑上来,紧紧地拥抱住刘拴牢,喊:"哥——"于是涩涩的咸咸的泪水,就涌流到一起了。

这一天是 1948 年的 12 月 25 日。我们的队伍里,增添了一名新的神枪手,同样擅长吹口哨的神枪手。

人 生 故 事

舅舅兄弟姊妹多,又大多是在外边干事的。所以,每当外祖母生日,大家聚在一起话题格外多。在没见过大世面的我看来,我的舅舅都是了不起的人。至少,在舅舅村里,还没有一家像他们家那么显赫和荣耀。大舅是二十世纪七十年代参加工作的干部,曾在南方一个地区当过专员,前年才在正厅级位子上退下来。二舅是粉碎"四人帮"后恢复高考第一届北京农业大学毕业生,分到省农业厅没几年就成了处长。要不是他们单位一些人栽赃陷害,二舅在政界的地位又岂在大舅之下?后来大舅他们帮二舅到处奔走申诉,二舅的案子才重新处理,恢复了工作和工资。但二舅早已失去了当年的朝气,变得意志消沉,甚至有些玩世不恭。

三舅是二十世纪九十年代吉林大学毕业的博士，现在已经成了中科院光学研究所的专家。比较惨的是四舅，也是重点大学毕业生，三十多岁已经成了我们县的副县长，分管城建、交通、电力等，很有实权，就为了一个建筑商的五万元贿赂，被下了大狱，因为在狱中劳改表现好，去年被释放出狱，现在靠养花为生。

大家海阔天空地扯了一阵后，大舅忽然想讲个故事。他说，一个人上山了，走得气喘吁吁，走得大汗淋漓，走得腰酸腿疼，走得筋疲力尽，可是还要往上攀登，想的是山顶上有无限风光，有让人流连忘返的胜景，半路上遇到从山上下来的人，便问："山上风景有多美好？"下山的人连连摇头："没啥，没啥。"上山的人根本不信，连愣怔都不曾有一下，继续兴致勃勃地往山上攀登，到了山顶一看，果然让人失望，几块石头，几株树木，一片荒草，一切都和山下没什么两样，不过好赖是山顶呢，觉得离天近了，蓝天白云，似乎比山下的清晰，可仔细想想，和山下的也没什么两样，歇息一会儿，怀着几分失望，带着几分疲惫，跟跟跄跄地往山下赶，走到半山坡，碰到一拨又一拨的人正往山上攀登。上山的人们问："山上风景很好吧？"这人就老老实实告诉他们："山上没什么好看的，就那回事。"上山的人却不相信，继续兴致勃勃地往上赶。人呢，都这样。

三舅笑嘻嘻地说："大哥说得也太玄乎了些。其实呢，只要你上山，就没有个到顶的，一山更比一山高，上到这一座山顶上，由不得你就想那一座山了。"

四舅说："你们说的是太幸运的例子。芸芸众生之间，又有几个人能上到山顶呢？对好多人来说，上到山顶不过是可望而不可即的空想罢了。山路曲折回环，路两边有肥实诱人的蘑菇，一吃才知是毒饵。淙淙山泉旁边有妖艳美女,你想去亲近亲近,一挨她的腰才知是毒蛇,一口就咬住了你。丰茂的花草下边是乱石陡坡,你想去采花摘草,摔个鼻青眼肿还是好的。郁郁葱葱的树木掩映的是万丈深渊,一不小心,掉下去就是粉身碎骨! 你要是不专心致志上山,分了心,迷失了本性,处处是陷阱!"

二舅说:"也不光是自己的问题,上山小道,宛如羊肠,曲曲弯弯,愈走愈险,愈走愈窄。上山的人可是蜂攒蚁聚,你争我抢,恨不得把别人都拨拉到后边,自己一下子跑到最前头。虽说一路淘汰下来,越往上走人越少,可越往上那些人越迫不及待。正常竞争就够紧张了,更有那心地阴险的人,明是一把火,暗是一把刀,搂肩抱腰哈哈笑,脚下给你使绊子,嘴上称兄道弟抹着蜜,心里把你当做几辈子的仇人,不把你整治下去不罢休,恨不得给你来个万箭穿心! 光小心自己,不提防别人,照样摔跤吃亏,摔下悬崖还不知道自己是怎么死的!"

外祖母耳朵聋,张着没牙的嘴一直笑嘻嘻的,看舅舅们说个没完就关心地问:"什么事呀?"三舅对着她的耳朵高声说:"说上山的事。"外祖母就不高兴了,喊着:"吃饭,吃饭,上山不上山都得吃饭!"

河套的阴谋

叫河套痛心的事每年总要发生几起。这不,刚过完年,他家的电路坏了,电灯也不明了,电视机也不唱了。他往电工黑头家跑了三四趟,最后还是把孩子二舅拎来的一兜洋葱都孝敬了去,黑头才嘟嘟囔囔地来他家修。还没修好,听得村主任一声吆喝,黑头抓起工具包慌慌张张走了,怕是他亲爹有事也跑不了这么快吧。

　　一直到中午黑头也没来。河套到街上一打听,人们挤眉弄眼,原来不是村主任家的电路坏了,而是寡妇白玫瑰家的电路坏了。村主任跟白玫瑰不清白,可是跟白玫瑰不清白的绝不是村主任一人,传说还有村会计,还有村治保主任。河套扳起指头一算,又算出了新问题。可不是,跟白玫瑰有关系的还都是村里的"光"人,"光"人都是村里的人上人。河套想,我在村里只能算是"眼儿"人,是村里的人下人。要是我跟白玫瑰也有那么一腿,那我不就也成了村里人上人了?可白玫瑰会跟我吗?河套又想,不在乎真有假有,那村主任、会计就一定与白玫瑰有?只要村里人说有就是有,村里人说我有就会看我看得高,就会把我当"光"人了。可这事咋操作呢?河套几宿没睡好,想得脑瓜疼才想出办法。

　　河套找到白玫瑰,说想跟她一起从她家出来一趟。他想白玫瑰可能会看出自己的阴谋,可能会恼火,甚至会捆他一耳光。没想到,白玫瑰咯咯咯笑弯了腰,还说:"你这人真有意思。"然后说:"你得先给我拉30车土。"河套知道她正要拉土垫地,村主任给她划了一片新宅基地。河套说:"20车吧?"白玫瑰不容置疑:"30车。"河套一咬牙:"那中,就30车,拉完土你得信守承诺,让我跟你一起出一趟你家的门。"

　　30车土拉了三天,拉得河套腿肚抽筋。拉完后他对老婆说今夜打牌不回家,然后趁傍晚到白玫瑰家。河套问:"我在哪里歇?""白玫瑰"一指院墙角。河套说:"叫我睡猪圈?"白玫瑰说:

"你想得美！叫吓着我的老母猪？那边！院墙角。猪圈外不是有一床被子，是我那死鬼二定在世时的。"说完白玫瑰就去屋里上关了门。

初冬季节，偏这一夜又起了东北风，贼溜溜吹过来浑身像小刀刮似的。河套实在受不了，只好不顾害怕地把二定脏兮兮的被子裹在身上，就这还是上牙下牙直打战。

第二天白玫瑰起得晚。河套得意地笑出了声，一边还在心里替白玫瑰惋惜，她这么精明的一个人，咋就看不透我河套的阴谋呢？嘿！30车土换你白玫瑰丢场人，这下有轰动新闻了。到日上三竿吃早饭时，白玫瑰果然出门了，去开院门时河套紧紧跟着她，从院里直跟到大街上。正好村主任嘴里叼着一根香烟从胡同里出来，河套想他会不会嫉妒我甚至打我一顿呢？要是打我一顿可就热闹了！河套心里甜蜜蜜地做好了挨打的准备。可是村主任朝白玫瑰亲切地看了又看，就是不看他。河套心神不定慌慌张张说："村主任，我昨夜吃了白玫瑰的荷包蛋。"村主任的眼光好像黏在白玫瑰身上，对河套的话不在意地"唔唔"两声就过去了。河套觉得非常泄气，村主任咋不管呢，这事他能不上心？难道……河套想了想，认定是自己说话的声音小，村主任说不定就不知道自己说的是啥。

正在想着，会计又从村那头朝这边走来，河套这一次可接受教训了。他拦住会计，恨不得趴到他耳朵上："会计呀！昨夜我在白玫瑰家，我刚跟白玫瑰一起出来！"

会计厌恶地推开他，手指捣着他的额头说："你咋那样不懂事呢？不知道要工钱不兴早晨上门吗？才拉几天土就等不及了。人家白玫瑰会欠你不给吗？"河套一时愣住了，一拍脑瓜才想起自己昨天拉土时碰上过会计。会计以为自己是一大早来要工钱的。河套正想解释，一看会计已经走远了。

这时又有一些人从这里路过，但没人理河套。河套气得在街上大喊："我刚从白玫瑰家出来！""二诸葛"说："河套还很有一套呢，人家要救济款，都是向村主任要，河套到村主任的相好家来求情了！"人们说说笑笑走远了。河套气得心口疼，村里老少爷们咋都是光打岔，咋就是不往我跟白玫瑰的奸情上想呢？

门口已经没人了，就连几个孩子也蹦蹦跳跳地走开了。河套只得带一身疲倦，带一身失意蹒蹒跚跚走回家，刚进院门就听见老婆在嘤嘤地哭。河套心中一喜，老婆知道了！老婆吃醋了！还是老婆是知音呀！不管怎样，老婆是相信自己跟白玫瑰不清白了，弄一圈弄到自己老婆身上。不管怎样，自己在家里的地位是要大大提高了，总算没有白受这一夜罪。河套劝老婆："真的，我跟白玫瑰就这一回。"可是老婆站起来，气呼呼地高声嚷嚷开了："一回也不中！我知道你当年爱偷东西的毛病改不了，可是都是偷村里集体的，再不然偷个暴发户，再没成色也犯不上偷到白玫瑰家呀，看看啥也没偷来是不是？"

河套一下子瘫软到地上了。

天才毁灭之谜

来这里出差，刚下火车就听到有人大声喊贾天才，回头认真端详，还真是我那20多年不见的老同学。虽然他从上到下匀称地增加了到这个年纪常有的臃肿，但那大模样分明还在。

贾天才可不是假天才,高中时他是全校公认的数学尖子。记得有一次,我们的数学老师拿一本《数学难题选》来考我们,说有20瓶复合维生素药片,每瓶20片,每片20毫克,其中一瓶是错装了分量不足的,每片药19毫克,要用天平称量把这一瓶筛选出来,问最少称量几次可确保筛选出分量不足的一瓶。我们班的同学铺开草纸都嚓嚓地算开了,没一会儿,就吵吵着争辩,有说三次有说四次的。贾天才嘴咬着铅笔尖想了一会儿就斩钉截铁说只用一次,当时同学们包括我在内都想不通其中道理。贾天才说把药瓶摆成一溜编上号,1号瓶拿出1片,2号瓶拿出2片,以此类推,20号瓶拿出20片,放在天平上一称量,缺几毫克不就是第几号瓶的吗? 数学老师也惊诧不已。要知道我们的数学老师可是教研组长,是全市的数学权威,可那本《数学难题选》上的题,他还没有贾天才做出的多! 高二时我们参加全省数学竞赛,贾天才果然考了第一名。

　　贾天才上学时家里穷,他的脾气也特别执拗。平常他也不怎么用功,但他想什么时间干什么,就非在那个时间干不可,任凭吃多大亏也不后悔。记得有一次他父亲让他放羊。他把羊赶到半路上,正好是一块菜地边。他忽然想起学校星期天要搞全省数学大赛的预赛,丢下羊迈腿就往学校赶。结果是人家吵嚷要他爹赔菜,他家又丢了两只羊。那天晚上他正在教室里上自习,他爹气急败坏地推门进来,瞪着眼咚咚地走到他跟前,朝他脸上狠狠甩了一耳光。同学们有的去喊老师有的上前拉架劝解,但令人惊异的是脸半边肿起多高的贾天才若无其事地继续做他的数学题,直到老师拉走他爹,他也没动动窝,更没有唧哝一声。这事在我头脑中印象特别深。

　　几十年前我就曾经想过,要是我能当上中学数学教师,贾天才就一定能当上数学家。现在我已经是大学里的数学教授了，贾天才呢？当我坐在贾天才宽敞豪华的客厅里，才知道他现在药厂里当业务员，虽然收入也很实惠，但总叫我生出许多惋惜和感叹。谈话继续展开，我知道他爹"文革"时被查出是漏网富农，他回乡劳动又因为一封信被打成现行"反革命"，挖河、扛包、劳改，肺结核病，风雨中跋涉，屈辱中挣扎，大口地吐血，很是受了一些罪。我却越听越迷惑：这些跟我的还有我班其他好几个同学的经历都差不多，甚至我的比他还要曲折辛酸，大牢里那段日子真不堪回首呢！这难道能成为他没有"崛起"的理由？

我问他："现在还看数学书不？"

他吸着"红塔山"，鼻孔里冒出两缕烟，似乎不屑一顾地摇摇头："谁还弄那劳什子？我现在啥书都不看，《故事会》还看不进呢。数学现在除了算药价送回扣送红包用得着。当然和你不一样，卖啥得吆喝啥。"

我和贾天才商量好去市医院看望住院的一位老同学，上高中时我们三个人是最要好的。正要出门，他的夫人扭扭捏捏地喊住他："今天该咱收水费呢，是最后一天了。"于是贾天才不好意思地搓着双手向我说："可不，你再稍坐会儿，我去去就来，三五分钟的事。"

楼下面的一家正在喝酒，听得屋门开后防盗门又咣当一开，那喧嚣的酒宴声便格外响亮地传过来：

"贾大哥，正好正好，正说去叫你呢！"

"你们喝，我查抄一下水表。"

"来来来，先喝了这一盅再说。"

"不喝不喝。"

"来吧来吧！"

"只喝一盅。"

"就这一盅,我的老同学多年不见,我们还有点事。"

"满上满上,喝三盅,桃园结义,吉祥!"

"贾大哥你不能走,你就只看起王科长? 老王能敬你三杯,我就不能敬三杯?"

"贾大哥你不能走,李所长的酒喝得,我小周的酒就喝不得? 不能光看起当官的呀!"……

四十分钟了贾天才还没回来,我等得心焦。他的夫人笑嘻嘻地给我沏茶,一边说:"我们老贾呀,你知道,年轻时是个牛性子,现在,他变得随和多了!"

我猛地打了个激灵,觉得见贾天才的苦苦思索有了个结论。当年的数学天才没有成才,是否正因为失去了当年那股牛性子?

在小河那边

小庆招了招手,有几只白母鸡便"啪踏啪踏"地挪动脚步向他走去。那几只高大的鸡,走路样子很像鹅。在不远处的树丛后躲着的顺子,看得直咂舌头。

顺子想悄悄走过去,吓小庆一跳,可他趟着青草没走几步,一条青蛇嗖嗖地从他脚跟的草尖上飞了过去,吓得顺子啊了一声。

小庆看见了顺子,高兴地打招呼:"顺子,今天放学这么早?"

说着,小庆挽起裤腿儿:"走,过河,大桃树下乘凉去。云彩跟风儿跑哪去了? 太阳晒得出火儿。"

河水清清的凉凉的,沙底儿,踩在上面很舒服。顺子跟小庆蹚过河,一回头:"你那鸡?"

小庆在小河边摘下一片苇叶儿,含在嘴里,呜呜地吹了两声口哨,那群白母鸡便一个个伸着脖颈,扑棱棱地飞过河来,镜儿似的河水映着它们飞行的影子,真好看,像一群白天鹅。

顺子看得流下口水:"真神儿!"

一只母鸡在河边衔住了一条寸把长的小鱼儿,几只母鸡追逐起来。又有一只母鸡在草窝叼住了一条不小的田鼠,那田鼠开始还拼命挣扎,经不住几只母鸡你争我夺,一会儿便软瘫了。一群母鸡挤上去,把它撕成碎块,吞下肚去。

顺子停住了脚步,看得目瞪口呆。

小庆瞥了一眼,推顺子到柳荫里坐下,说:"我的鸡还能逮雀鸟儿呢!那天我的'梨花白',啄住一只,爹硬说是只中毒的死鸟,拼紧赶鸡放开,'梨花白',一松口,那雀鸟儿便一头钻进云彩里了……"

顺子听得吐出舌头。他想了一会儿说:"小庆,你真的不上学了?咱班的人都想你呢!"

小庆一愣,说:"不上了!我从小就爱摆弄鸡,爹叫我放鸡,正好!这儿,有草,有树,有水,有云彩,有小动物。领着我的鸡,自在得很,快活得很!"说着他伸手扑住一只蚂蚱,抬手招一只母鸡过来,喂它。

顺子没搭话,他拨拉着母鸡白得发亮的羽毛,手心痒痒的。停了好一会儿他又说:"小庆,我哥又回来了,过星期天。"

小庆说:"你哥真有本事!上次俺的几只'大冠白'病了,喉咙喘得小风箱似的。你哥让用柏枝、草叶熬水喂,两天就好了。"

顺子说:"那是患的呼吸系统传染病。"

小庆忙问:"啥呼吸系统?"

顺子放开手中的母鸡,提高声音说:"你退罢学,老师又讲的新课!"

小庆不接话茬,停了一会儿又说:"你哥真棒!"

顺子说:"俺哥棒? 长大我要比俺哥更强!"

"你?"小庆瞪圆了眼,"大喷儿! 大喷儿! 你哥是大学生呐!"

"大喷儿? 骑驴看唱本——走着瞧! 我还要考初中、高中、大学,考研究生! 学一身本事回来。你鸡司令、鸭司令、牛司令、羊司令都得找我! 我当大元帅,管你们司令! 我还要办个养鸡场,一个人养十万、一百万只鸡,自动化的! 比你这草头王强多了!"

"我要比你强!"小庆不服气地喊。

"你不上学会比我强? 连个呼吸系统都不懂!"

小庆哑巴了。一只母鸡来他跟前,啄他的手,他推开了。

"小庆,去上学吧。老师还想重点培养你呢。"

小庆手指头在地上划着道道:"俺家是养鸡专业户,放鸡没人。"

顺子站起来:"叫俺哥给您家设计个鸡笼,圈起来喂。不行放学我帮你!"

小庆声音更低了:"俺爹不会愿意。"

顺子一把抓住小庆的手:"走吧,老师正在你家劝说你爹呢,准成!"

两个少年并着肩膀往回走,黑黑胖胖的是小庆,细声细气的是顺子,后边跟着一群白花花的母鸡,远看像是一朵飘悠悠的白云彩……

英雄的选择

　　谁也想不到，连姜兴宝自己也想不到，他，大洋洲化工总厂的一个普通机修工，一夜之间就成了英雄。

　　那是十月底的一个傍晚，两名歹徒在火车站西边劫持了一个女青年。不是没有人想管，路边好几个人都揎拳捋袖想冲上去，但那歹徒龇牙咧嘴，面貌凶狠，一跺脚，露出明晃晃的匕首和黑洞洞的枪口，想管事的人们就有点蔫。眼看着两个歹徒正要把女青年塞进一辆出租车，姜兴宝正好骑那辆旧永久车从前边过来。他一看那阵势就明白了是怎么回事，猛蹬几下直朝那歹徒撞去。枪声响了，但子弹飞向树梢，枪被撞丢在一边，他与两个歹徒扭打在一起。尽管右臂被扎得露出骨头，但直到巡警赶来，他仍死死扼着一个歹徒的咽喉。

　　电视上采访，日报上刊登，没有几天工夫，姜兴宝就成了全县家喻户晓的人物。人民英雄人民爱，病床边到处都是慰问品和鲜花。出院的时候，县委米副书记等领导亲自带领人们去接他，大家都劝他在家里多休息疗养一段时间。

　　姜兴宝说："我们厂挺困难的。"大家都点头。大洋洲化工总厂在这个县里也算大厂，每年销售收入两三千万元，就是不赚钱，每年都是在微利保本或亏损的线上来回波动打转转。姜兴宝说："我的伤口也好利落了，在家也闲不住，还是上班吧。"

　　米副书记看了看身边的厂长，想了想说："不愧是工人阶级的一员,觉悟高。不过我们对英雄也应该关心爱护。机修工全靠胳膊用力。小姜胳膊受伤刚好,是不是先调换一下工种?比如在有利于企业全局工作的前提下,科室里有没有适合的岗位?"

姜兴宝望着米副书记欲言又止。

米副书记说:"有什么要求你就直说。"

姜兴宝才下决心说:"我想当厂里的垃圾清扫工。"

厂长说:"那哪像话!"其他几位领导也都有些惊讶。

米副书记说:"小姜必定有他的道理,我建议厂领导班子给予考虑。"

姜兴宝回到家里,老婆也直嘟噜他干垃圾清扫工窝囊。姜兴宝开始一声不吭,埋怨急了才把话乒乒乓乓地甩出去:"窝囊?不是咱碰巧出了这一点名,这活还轮不着咱干呢!"

原来厂里的老规矩是,装原料用的木箱、纸箱都归垃圾工处理,这样每月都能有一两万元的额外收入。因此干垃圾工都是有来历的人,比如供销厂长的大舅子之类。

姜兴宝干上垃圾清扫工,比他的几个前任更是抠门几倍,垃圾堆里的一块旧布,一张旧报纸也要拍拍打打捡起来,分门别类存到旧库房里,一个月下来那间旧库房放得满满的。正当厂里一些人对此议论纷纷时,姜兴宝叫来了废品收购站的经理,结算时让收购站直接把款划到厂财务室账户上。一年下来,他共向厂里交了二十四万五千多元。加上他这笔收入补亏,这一年大洋洲化工厂的利润才不过二十万元。

早　春

马蛋儿脸色铁青，站在机修厂院里。

刘七爷脖子通红，站在他的面前，对他说："用用铁钳，叫不叫用？用根尺把长的钢管还要钱，应该不应该？"

马蛋儿扫一眼他的朋友们，他想寻求支持，可他的朋友们仿佛落难的小兽，目光躲躲闪闪。这样能办好企业？他心里有点烦躁。

然而眼前分明出现他小时候的情景：

刘七爷把一个很好吃的窝窝头塞进他的书包。

他偷了东庄的西瓜要挨打，刘七爷冲了过去："这没娘的孩子渴了摘个瓜吃，该！"……

剪不断，理还乱。

"工厂有工厂的规章制度，要想搞好企业，就得严格遵守规章制度。"马蛋儿闭了眼睛狠着心说。

刘七爷领着乡亲转身出院，大街上传来一阵叫骂声："龟孙子翻脸不认人哩！"

李小碗从马蛋儿面前走过，这个做生意亏了本的年轻人刚被他安排到厂办公室工作。

他把李小碗喊进屋说话，李小碗脸上浮现出狡黠的笑。

李小碗曾给刘七爷送过钢管。

李小碗曾给刘七爷车了根车轴。

李小碗曾给后街二爷送过钢锯条……

其实,这些支出全出自马蛋儿的工资,这支出维系了马蛋儿内心酽酽的乡情。

马蛋儿脸色铁青,站在村委会院里。

村委会老主任年龄太大了,马蛋儿今年要竞选村委会主任。马蛋儿想:"我已让连年亏损的村机修厂起死回生,一年上交村里 15 万元,也算有点资本了。"

刘七爷说:"当厂长还不认人哩,当上村委会主任还不成了老天爷!"……

李小碗声嘶力竭,说他对乡亲们的种种关照全出自马蛋儿的授意,可他换来的只是众人古怪的目光。

李小碗以绝对多数票当选为村委会主任。

马蛋儿下意识地将一根烟折成两截儿,一截儿捏成碎末,一截儿塞在嘴里。他盯着确实是不知所措的李小碗,狠狠地想:"我在幕后指挥能担当得起搞好村子的责任吗?"

一股料峭的春风,掠过马蛋儿发烫的脸庞,吹向广袤的田野……

田　狗

早春二月的一天,族长侯四伯叼着旱烟袋迈进侯田狗家的屋门,看见侯田狗正躬着个腰,在忙着切萝卜条,扭过头来朝身后一声吼:"快点呗! 你俩!"

侯十七、侯十八像逮特务一样挟着一个人过来。到跟前看，是一个女人，披头散发，灰头土脸的，看不清眉眼，走路一跛一跛的，嘤嘤地哭泣着。

侯四伯指尖直指向田狗的额头："给你了！媳妇！日他娘刘八带来四个外地女人，就这一个倒霉，半路上跌断了腿，没人要……结婚手续我去找刘大头给你办了！"

田狗一步步后退，嗫嚅着："这，这，这……"

侯四伯一瞪眼："这，这啥？这里还有你说的话？地富子弟有几个能寻上媳妇的？更别说你这没爹没娘眼看就三十的人！"

四川姑娘李小倩就这样成了侯田狗的媳妇儿……

暑夏七月的一天，族长侯四伯摇着芭蕉扇踏进侯田狗的院门，眼珠子咕噜噜轮了一圈，一眼扫到田狗媳妇正在忙忙碌碌地垛青草，一咧南瓜嘴，露出几颗黄色的大板牙："是出落得像个模样了，怪不得村东村西的人都夸。"

田狗媳妇脸一红，低着头拿一把桑叉，出院门去送了。她黑亮亮的粗辫子，白皙的修长脖颈，虽然那肚皮已经微微凸起，但总体上仍不失身材的苗条，走起路来娉娉婷婷，颇有韵味。

侯四伯收回追踪田狗媳妇的目光，阴阳怪气地说田狗："你这土医生，医术可以呀！是您爹的魂还在你身上附的吧？瘸胳膊瘸腿的女人，你硬是给她摆治得成了好人，不留一点点毛病。"

田狗不敢看侯四伯的脸，低下头小声道："主要、主要是骨折错位，我就给别正，用点长药敷上……"

侯四伯威严地摆摆手，止住田狗的话头，瞪起鸭蛋眼睛："没脑袋瓜货！大错特错了你！治好她就是你的错！咱土头土脑的庄稼汉，谁家能巴得上这么漂亮的媳妇？更别说你还是地富子弟！是福不是祸，是祸躲不过！我问你，她肚里的孩子是你的？"

田狗面红耳赤,吭吭哧哧说不出话。

侯四伯手捏住田狗的下巴,叫他抬起头,又一跺脚:"小子,丢人贼!你丢了咱侯家祖宗的人了!"

田狗一下子坐在地上,满脸悲愤地仰望着侯四伯说:"四伯!四伯您老就说说刘大头,他、他、他不是人呀!"

侯四伯用扇把敲着田狗的铁锅:"你不是说梦话吧?刘大头坐着咱村的革委会主任位子,谁能奈何得了他?母狗不翘尾巴,公狗不爬跨!得整治整治母狗!"

田狗喃喃道:"她一个女孩,也是被逼无奈啊!"

侯四伯突然稀眉毛一蹙,厉声道:"我给你算计过了,喊上侯十七、侯十八他们,打她一顿再说,打掉她的胎,打掉他刘大头的种!"

田狗一下子抱住侯四伯的双腿跪下去,把头摁在地上磕得怦怦响:"不能呀,不能呀,千万不能呀,你可千万不能呀……"说着号啕大哭,泪如雨下。

侯四伯推开田狗,重重地哼了一声:"软骨头!"端起旱烟袋出了门。

于是几个月后李小倩生下了女儿侯珍珍……

两年的时间过去了。寒冬腊月的一天,侯四伯呼哧呼哧喘着粗气,"咚"的一声踢开田狗的院门,踏进去喊:"田狗,你给我爬出来!"

田狗却领着全家在隔壁邻居家。他忙不迭地应声,一边小步跑进来,恭恭敬敬地向侯四伯递上一碗桑叶水,说:"您老消消热,我去把小珍珍的事交代一声。"

侯四伯问:"你媳妇呢?"

田狗大声喊:"小倩,你快抱小珍珍去卫生站,看是不是感冒着了凉。"

侯四伯长叹道:"人家的种,你比自己的还亲。满街满胡同,都知道你是个软心人。"

田狗红着脸,半晌才说:"生到咱家,就是咱家的崽呀……四伯,您喝水。"

侯四伯将眼瞪得像灯笼一样,手一扬,那水碗砸向山墙,"啪"的一声碎了,溅了田狗一头一身水。

侯四伯说:"他妈的戴绿帽钻大鼓你是个迷糊虫哇!还小倩、小倩喊得亲热,人家要跑你知道不知道!给你做好的饭你叫砸锅?过不成一家人你自己倒霉还叫全族人陪你丢脸?"

田狗双手抱了头,哇的一声哭出来:"四伯,我心里啥都知道呀!我知道小倩她跟知青刘小伟好,我知道他俩商量着要跑。可是咱过的吃上顿没下顿的穷日子,过的窝窝囊囊受气日子,谁也不想在这儿过呀!小倩她一个四川娃,卖到咱这儿,跟我这么长时间,已经是难为她了!四伯呀……"

侯四伯压低了声音,冷冷地说:"这好办。我叫上侯十七、侯十八他们,今天后半夜,打瞎她的眼,打折她的大腿,这次不会叫她回头再能医治好了!你别嫌她瞎眼瘸腿的丢人,这一下子她就会塌下心来跟你过日子了。"

田狗惊恐地睁大眼睛,跪下来抱住侯四伯的腿:"不能呀,不能呀,千万不能呀!您可千万不能呀……"说着号啕大哭,泪如雨下。

侯四伯一脚踢开田狗:"王八蛋,这次不会再听你的了!"

这一夜的三更天,狗吠声汹汹一片,夹杂着人的喊声哭声。到第二天人们才知道,刘小伟已经在前半夜领着小倩、珍珍母女逃走了,暴怒之下的侯四伯领着侯十七、侯十八一伙人将"叛徒"

田狗打了个半死……

李小倩和珍珍母女一走就再没有了音信。田狗三个多月才能起床。能动的田狗,除了干活,就是佝偻着腰抄着手缩在门口的柴火垛边,呆呆地望着街口,没几年就死了。

后来的一个清明节,人们见一个中年妇女,领着一个姑娘来打听了田狗的坟,在坟前献上一个鲜花编织的花环,母女俩流着泪肃立好久……

捡破烂的老人

体育场举办足球赛,敢情是合着俺要发财。吹着口哨唱着歌,我和小四、小六进了体育场。

我漫不经心地在场上转悠两圈,一个描眉画眼的少妇就入了我的眼。当然我不是看中她的美貌。窃财不窃色是俺的规矩,我从来没打算破规矩。我之所以看中她是因为她的真皮手包,我敢断定里边有真货。不用我使眼色,小四已经端起木盘上去:"天气炎热您买个冰激凌?买瓶矿泉水?"那少妇拉开手包掏钱买一瓶水,往里回装时,一个钱包就神不知鬼不觉从割开的口子到了我的手。

我揣腰包里正要离开,看见小六在那边也得了手。一个肥头大耳的中年人挺着肚子从看台下过,眼睛瞟着上边的座位。小六假装一个趔趄撞住他肩头,马上扭身走开了。但我看见小六露出满脸得意的笑。

下一个目标是那位六十来岁的老太太,这般年纪肯来这里搅混肯定家境殷实。你看她,耳朵下坠着明晃晃的金耳环,脖子上套着黄灿灿的粗项链,掉着大屁股晃来晃去,那金首饰和衣服口袋里的钱包简直都是为我准备的。审时度势我正要冲上去,身上被谁擦了一下,像是扫帚扫过的感觉。我扭头一看,是个捡破烂的老人。

这人络腮胡子凹斗脸,瘪夹肚子麻秆腿,浑身上下没一点肉,穿一身深蓝的衣裤,拖着一个大鱼皮袋,不用看就知道里边装的是矿泉水瓶、易拉罐桶,还有废纸冰糕棍。我乜斜他一眼,正要走开,他竟不知道马王爷三只眼,不管不顾地挡在我前边。我咳嗽一声,流里流气地说:"干啥?想挡道不是?"一般来说,除非公安钉子,一般人一听我这流氓声调就退避三舍,但这瘦老头全然不放在心上,白眼一翻,下巴一指老太太:"算了吧,别作孽了。"

我想你管闲事我叫你吃不了兜着走!我手伸进嘴里,嘟嘟吹了几声口哨。这是我们圈内的暗号。小四小六知道我这里遇到了麻烦,立即向这里包抄过来,一会儿就把这个瘦老头团团围住。

瘦老头好像没看见,缩了头拖着鱼皮袋就要溜出大门口。小六脾气火爆先上去,一拳砸在他后心。老头身子一晃躲开了。我们就一窝蜂全上去。老头甩着那条鱼皮袋来抵挡,一会儿把里边的易拉罐桶叮叮当当甩出去好几个。那瘦干柴棒一样的身体,一会儿擦住小六一会儿擦着小四一会儿擦住我。我们拳脚齐上竟然挨不着他的身。这老头好功夫!

几个保安过来了,我们一哄而散往大路上跑。瘦老头儿猛喝一声:"站住!"我们就像听见了口令一样猛地站住,转过身来看他。他从自己鱼皮袋里掏呀掏,抓出四个钱包,两个手机,一个金项链,交给保安说:"广播吧。"保安扫我们一眼,说说笑笑地走了。我赶忙摸口袋里，竟是空空的。小六也说："我掖得严严实实的钱包手机啥时候到他鱼皮袋里了？"小四也上上下下摸自己口袋，说："真日怪！"我害怕了，赶紧恭敬地喊："师爷！"老头过来了，看看我们这个，看看那个，说："改行吧，打工捡破烂都中！这行当干下去，没有好下场的！"

这时，体育场的大喇叭响起来："广大观众同志们，谁丢失了钱包、手机、项链，请到治安室领取……"

李 糊 涂

李虎到端山乡机关食堂做炊事员已经十多年了。他不拘小节，再加上他常做糊涂面条的缘故，人们喊他"李糊涂"。

李糊涂好吹，说祖上曾是慈禧太后的御厨，慈禧太后死后摄政王曾和袁世凯争抢他的祖上做厨师，差一点动了刀枪。有人说要是"文革"你还吹不吹，李糊涂呵呵一笑说"文革"咱就吹咱的八辈儿贫雇农。

李糊涂还真是有几手绝活。他自己动手杀驴，煮得驴肉香了半道街，连乡里的离休老干部胡书记也说自己走南闯北一辈子没有见过这么好吃的肉。李糊涂的海鲜盘子也上档次，但他最拿手的却是老百姓家里常吃的糊涂面条。李糊涂平常做的糊涂面条就好吃。要是赶到春节前机关会餐，大家齐喊"露一手"，乡党委金书记再用厚厚的白白的手掌往他肩上不轻不重地那么一拍，李糊涂就上性了。

这做糊涂面条的水要深山里的泉水。好在端山乡是山区，不缺这个。糊涂要当年的玉米用石磨来磨。李糊涂要亲自箩，筛去皮屑，露出金子一般黄灿灿的颗粒来。面条用的白面也是石磨磨出的。糊涂面条里的主菜是晒蔫的白菜青叶，必须先用豆油炒了，最后下锅。配料讲究可就多了，比方说肉末得狗肉、牛肉、鸡肉等份混开炒，银鱼、虾皮佐料要随锅放。撒黄面的时候要手抓一把五指匀开，搅锅的大勺要顺着一个方向搅动打旋，决不能逆向打旋。下面条要冲着糊涂转的方向进去，规矩多讲究也很多。李糊涂的糊涂面条从来不放味精，可人们春节前吃一顿就直到过元宵还想咂嘴巴。

那天金书记颊红目赤上了火，吃药打针一星期又发起了高烧，什么饭也不想吃直嚷嚷要吃糊涂面条。李糊涂看到心疼就煎好一碗汤上去献计说，金书记，我用这中药汤作底做一碗糊涂面条，您吃吃看。金书记说药汤里下面条还能吃？李糊涂说多少有一点药味儿但味不大还比较顺口，主要就是白茅根在水里泡泡煮沸就捞出扔掉，然后再加大枣，百合七八味。在场的乡长说可不敢这样吃，乡医院院长也说不敢乱吃药。李糊涂笑嘻嘻地说试试呗。金书记忽然变了脸色说，你敢用我的生命去试验？李糊涂当场泼掉药汤回去做了两碗糊涂面条端上。金书记大口吃完，当夜就大汗淋漓到天明就退了烧。李糊涂来看后说，金书记，你好多了。金书记嗔着脸说，你还是在糊涂里掺了中药？李糊涂说泼了一碗还有一碗，我不掺药你这顽病咋好得这么快？说完他拉住金书记的手，两人都哈哈大笑起来。

端山乡农民特种养殖致富惊动上层，新来的市委一把手要来视察，视察的头一天又说要在乡里吃午饭。李糊涂沾沾自喜，准备要大露一手。金书记也拍了他两次肩膀。谁知县委书记亲自请来了市里宾馆的特级厨师,连帮厨都没有李糊涂的份。李糊涂正躲在寝室里生气,金书记又来了,一把拉他起来又拍拍他的肩膀。原来县委办又打来电话,市委书记以前在别的地方曾因为下边准备山珍海味发过脾气,这样就只好送人家特级厨师回去。县委办已经调查好新来的市委书记是豫东人,只爱吃糊涂面条,这样你老李大显身手的机会儿真来了。李糊涂揎拳捋袖出来去准备。县委办又打来电话,说市委书记爱吃的是经霜的红薯叶糊涂条。县里派出两辆专车出来搜求采购,但这个地区是山区,从来没有种红薯的习惯,再说寒冬腊月哪有红薯叶?当天上午大领导就要来,连准备的时间都没有。县委书记乡党委书记都没了主意。

李糊涂喊住正皱着眉头的金书记说:"你们忘了,我就是豫东人。"

金书记一愣,马上明白过来,对同样皱着眉头的县委书记说:"对对对! 李糊涂,不,李师傅就是豫东人。"

李糊涂说:"我最知道俺那疙瘩人的脾气,不在乎红薯叶不红薯叶,只要糊涂条好吃。"

县委书记说:"好,你下功夫做好,做好了饭你亲自端上。"

到下午一点,县乡头头们才去陪市委书记吃午饭。市委书记看看餐厅里摆着的糊涂条说:"噢,咱这里也爱糊涂条?"又看看碗里问:"这是经霜的红薯叶?"

李糊涂说:"首长,这边是山区从来不种红薯,找几片红薯叶比找燕窝鱼翅还难得多。我是豫东人,这晒青菜叶糊涂面条,是家乡的一道口味哇!"

市委书记颇有兴趣地拨拉一嘴品尝,接着连吃两碗,饭后专门跟李糊涂握了手,又对他竖起大拇指:"好,好! 师傅好手艺!"

勾 七 拳

　　勾老七从小父母双亡,在外要饭流浪,据说少年时得遇恩师,再加上自己脑瓜开窍,练就一身好武艺,人称勾七拳。论辈儿我该叫爷爷,但我认识时的勾七拳,有喊勾七爷有喊勾老七,早已是干巴巴的老头儿,瘦嶙嶙的成天一副哭丧脸,走路慢腾腾的,一点也看不出有功夫的样子。

　　那年夏天俺生产队的西瓜地老丢瓜,偷走不说还生瓜熟瓜乱砸扔一地,大家嘴上不说心里估摸是俺村的知青所为。队长就让逮,咬着牙说只要逮住就往死里打。那天队长设了计,让勾七爷和小铜在瓜地东北角埋伏,他们几个藏在南边瓜庵四周。到半夜时分,果然几个黑影过来,弯腰在瓜地砰砰地砸瓜,像狗熊一样吃了这个掰那个。队长大吼一声抓住他,呼一声站起来十几个人,朝黑影包抄过去紧追不舍。那几个黑影果然朝东北角没命地跑。眼看跑到跟前也不见勾七拳站起来,队长一边追一边大叫"勾老七! 勾老七!"等黑影们正好跑跟前,勾七爷跟小铜都呼一下站起来,向那几个黑影猛地扑过去,就听得沉闷的一声响,还以为是摁翻了偷瓜贼,到跟前才知道是勾七爷一下子摔翻在地上,紧接着在他后边跟的小铜也扎扎实实摔了一跤,扑扑嗵嗵像是狗熊跌倒在地上。等队长他们跑到跟前,那些黑影早跑没影了。

　　队长气呼呼地朝勾七爷和小铜一人踢了一脚,说:"给我滚起来!"

勾七爷哼哼唧唧地说，队长，我摔坏了，得去公社医院住院。队长大骂，丢你祖宗的脸吧！你啥勾七拳？啥伪团长？渣窝菜饼一个！其他人都偷偷地笑。我也怀疑，勾七爷到底会不会拳脚功夫。

村里人都知道勾老七是四类分子是阶级敌人，因为他曾当过敌人的团长。"文革"时的政策我知道，当过国民党都得挨斗，一到连长级就是阶级敌人，更别说当过敌团长了。有一次队长派我跟勾七爷一起去抬柴油机，我趁机问他当团长的事。他说咱村都知道你就不知道？

原来 1946 年土匪不断来抢粮食，勾老七正好从五台山回来，就组织了一个自卫团自任团长，其实手下人才两个，一个是来这儿要饭的外地人，另一个是十四岁的他表弟，分别封为副团长和参谋长。这三个人的自卫团总共不过生存十来天工夫。驻扎在县城的国民党 25 军派了十几个人下来，拿枪逼住了勾老七，押送县城让当什么突击队教练。到了后半夜勾老七趁隙逃跑了，一跑再也不敢在家乡待，就到山东做小生意，后来才跑回家。我说就这？勾七爷说就这。我说你这是啥团长呀！三个人还不到一个班，真够倒霉够冤枉的！勾七爷连忙说不冤不冤，冤不冤咱反正都得干活吃饭。

我还问勾七爷，你到底会不会拳脚功夫？勾七爷说，你说呢，你说会就是会，你说不会就是不会。我让他表演一下。他不干，说一表演不是会了？我说你真狡猾。他嘿嘿地笑了。

那年发大水，后沟坡上堆着的几吨化肥眼看要冲走，驻村里的工作组长老张就召集劳力在沟边开战地会，说要组织抢险队去抢运。眼看黄乎乎的浑水打着旋冒着白沫直往上涨，谁看了都吓得直打战，得先下一个人试试水。谁去？老张的眼睛往人们身上扫来扫去,大家都不看他的眼。都是北方人,谁也没有好水性。静了半晌功夫,老张猛然一声大喝:"勾老七出来!"勾七爷猥猥琐琐地出来了,勾着个头说,我又不会水。老张说,你说谁会水?你阶级敌人不去谁去?勾七爷就生气,说我去就会死的。老张说,死了给你摘分子帽儿。大家都不说话。勾七爷勾着头半晌说,我去吧,反正得人去。老张说,你去你就是个人。勾七爷说,不去我也是个人!好家伙,敢跟老张顶,要搁往常,老张马上得召开斗争会,但今天老张没再吭声。

勾七爷精神头儿慢慢上来了,说这一去八九就是死。我认了可大家还不知道我的功夫。今夏逮偷瓜贼队长正在气头上,要是我不故意摔那一跤,几个知青撞咱怀里,打个半死咱良心过不去,再说真的打伤人,恐怕连队长都跑不脱……罢罢,不说这些了,去死我也得让老少爷儿们认认勾七拳。他吐一口唾沫在手上搓了搓,双手抓住一棵碗口粗的杨树腰一摆双腿上去身子倒挂着,又几个来回就翻到树梢上,又一个出溜翻下来,横着几个扫堂腿,又一通拳呼呼生风看得人眼花缭乱。勾七爷做个收式拱拱手说,老少爷儿们咱这就分别了。说完勾七爷一转身跳进了滚滚的洪水。

那年洪水过后报损失,俺村报损失化肥 5 吨。其实还损失一个人,死的人就是勾七爷。

要命的石头

　　老德黑在蟒河滩给牛割草,清晨露水大,湿半截的裤腿儿黏肉皮,带着草窝的泥土沉甸甸的湿拉拉的坠着膝盖。忽然一阵嗦嗦啦啦的拨草声由远而近。想起土匪横行,老德黑不由一阵战栗,想马上逃走,两条腿却不听话。草波涌动处,一个头戴黑巾、腰缠黑腰带的驼腰汉子到跟前,先警觉地环视四周,又细心谛听周围的动静,然后才把目光投过来:"老哥,我见过你,是小袁庄的吧?"老德黑慌不迭地说:"是哩是哩,我小袁庄德黑。"那人指头伸进怀里抠出一封信来,说:"赶紧送小沈庄,沈老四家,赶紧!"直把信戳到他下巴上。老德黑本能地后退一步。来人不由分说将他的胳膊拽将出来,将信拍进他手里,急急地说:"今天送到,赶紧送!这信,管小袁庄,管您全庄人的命!"说完转身就跑,身后的蒿草分分合合嗦嗦啦啦渐渐响远。

　　老德黑把信塞进自己裤腰,像塞进一条蛇似的不安。他担起草往家里走,进村就到保长家,说:"有、有封急信。"保长正从屋里出来,吃惊地问:"给我?信?"老德黑说:"给、给沈老四的,小沈庄的。"保长两个指头捏住把信捻捻,像是想从中捻出银圆铜钱似的。他也不识字,可还是趴信皮上研究似的认真看一遍。说:"沈老四的信,你咋拿着?沈老四的信,你咋给我?"老德黑惊惶地歪着嘴说经过,颠三倒四,前言不搭后语,但意思全到了。保长把信扔在院里石桌上,说:"谁去小沈庄走亲戚,捎去就是。"老德黑觉得完成了任务，心里一万个轻松往外走，忽然又想起什么，说："那人说，赶紧，管咱小袁庄，管全庄人的命，要今天送到！"在不长的时间内这话保长听的是第三遍，从老德黑嘴里说出又结结巴巴没半点新鲜，他说："真他娘的奇了，给小沈庄沈老四的，管咱小袁庄的命？屁话吧？"

快上午时分，村里家家升起炊烟。老德黑心里一阵不安，犹犹豫豫推开保长家荆条寨门，说："那信……"保长没好气地吼："想顶替我的保长？"老德黑说："不不……恐怕信……"保长说："你不放心？"老德黑说："不不，管咱小袁庄，是要赶紧的……"保长说："有啥赶紧！一会儿叫谁捎去。"其实保长自己今天要往小沈庄，去找表叔借把手锯，想弄两棵柳树盖厨房。小袁庄没木匠，没头借。要说这沈老四还是他老舅，就为那年想倒一船私盐向这个老舅借钱，沈老四不借，从此两家断了来往。他要是去就该捎这封信，可主动上沈老四家的门他咽不下这口气。他请教串门的六哥，六哥抽了锅旱烟说："叫人打开看看，对咱村有利，就派人送，没利，就擦屁股塞灶火锅底！"保长苦笑摇头，因为村里就没一个识字的。

晌午头老德黑又到保长家小声喊："保长！"保长说："没人去。他娘的二碰本来要往姑家，可他参叫他担完毛粪明天去。叫小旺，这东西说等他过两天去送驴再捎去。后晌再问问。"

日头快落山时，保长一边端着海碗喝糊涂一边呹喝："谁往小沈庄送封信？谁去？"街口聚堆吃饭的人无人应声。老德黑瑟瑟缩缩挪过去："今天得送到……"保长把信甩他脸上："要去你去！该你狗日的去！"老德黑弯腰从地上捡起信，愣怔一下："我？该我去？"保长说："好好的你弄这啥狗日信！你不去谁去！"老德黑万分不情愿："咋了该我去？又没少交捐粮，跟沈老四又不沾亲带故!"

保长阴着脸不吭。老德黑只好捏起信往小沈庄,一路走一路的怨气:咱村十五户共七十三号人,咋就挨我出这份冤枉力?他一个时辰才到白马河,河那边就是小沈庄。河水还是尺把深。水面隔一步都有一块石头叫人迈着走,可今天当中缺了两块,可能是谁家淘气孩儿把它滚跑了。要是不缺这两块石头,老德黑就过去了,可是……要说老德黑可以脱下鞋蹚河过,可他顿住脚步却想我又没得一分好处,凭啥该我来受这份苦和累?他眯起眼在河边的草地坐好半晌。天越发黑下来,老德黑越想越生气,捏着那封信想是不是把它扔水里?后来他又想,不扔,将它还给保长,就说水大过不去。

又犹豫半晌,老德黑还是拐回头朝着自己村子彳亍慢行。快到村子时,忽然听见村里响起乱枪声,接着冒出冲天大火。老德黑惊呆了,愣了一会儿,跌跌撞撞朝村里跑去……县志载:民国三十六年秋,土匪麻老六听信小袁庄有人刺探他行踪向官府告密的谣传,手下账房劝阻不下,秘密写信给麻老六最相信的沈老四(为小袁庄的亲戚)让出面制止。信未送达。麻老六遂血洗小袁庄,该村73口人仅有一人幸免。

鼠　夹　王

家里进老鼠真烦死人!不说咬坏衣服、家具和书本,光是夜里咯咯吱吱的咬啮声就叫人受不了。咋办?买鼠夹!早听说机床厂有个退休的七级钳工王三堂做鼠夹,夹老鼠灭老鼠战无不胜,称作鼠夹王,找他去!

我连忙打听鼠夹王的地方,还叫人画了路线图,然后骑车到华荣路的最西头,拐进一处大院,顺着大院往里走,沿着几排小平房曲里拐弯又摸半晌,推着车子转一大圈最后又到了进来时的大门口,尴尬苦笑找人问路。还好,一个穿工作衣的老工人路过,我上前打听,那人咧嘴一笑说,来吧,原来他正是鼠夹王。

我一边跟他往里走一边嘟噜,说你做鼠夹远近闻名,咋不在大街开个店铺?躲在这角落里跟毒品交易似的!鼠夹王哈哈笑了,说不是你一个人这样说,儿女做生意有俩钱早给我买了好房子,可我住俺厂家属房几十年舍不得离开哩!再说不缺吃不缺穿,不就是图个兴趣!开那门面房干啥?不管我在哪儿,你真需要了不也照样来找我?

说话间就进了他屋子。最显眼的是那张工作台,上边砂轮、锉刀、老虎钳、铁丝什么的乱七八糟,挨着工作台的桌子上摆满了各色各样的鼠夹,大的小的、长的短的、圆的方的、粗丝的细丝的、平板的网孔的……

我颇感好奇,左顾右盼还没来得及说啥,鼠夹王把我按在破沙发上开门见山就是一大串问题:你家啥时候发现有老鼠了?大老鼠还是小老鼠?咬的洞口有多大?几个老鼠?都咬坏了家里的啥东西?吃了你家的啥食物?你下没下过老鼠药?你那一片儿有没有喂猫?你家有没有小孩儿?小孩儿几岁了?男孩女孩?上学没有?小孩儿活跃不活跃淘气不淘气?

我开始还认真回答,没说几句就颇感不耐烦,说,王师傅你卖老鼠夹还是查户口?就是查户口也不该这么啰唆!

鼠夹王朝我摆摆手说,为啥酒香不怕巷子深?就是因为我负责。小孩儿的事是得先问问，捉老鼠事情小，鼠夹夹住小孩子事情就大了。小孩子要是好动乱抓挠，那咱只敢用小簧，就是拍住手指拍住脚，红肿疼会儿抹抹酒精就下去，要是用强力簧子打断骨头打断指头，那不就成了塌天大事？咱说好你的要用强力簧，你们两口子也得注意点，这东西用好了能帮人，用不好就成了整治人！

我颇不耐烦截断他的话说，老鼠大小老少与鼠夹有啥关系？鼠夹王好像看外星人一样瞪着我，你说呢？买鼠夹不是为了赶紧捉住你屋那老鼠？要知道你屋那老鼠是那一只就不会是这一只，弄清你那老鼠是啥老鼠才能快快地捉住那老鼠。你看我的鼠夹从来没有两个一模一样的，就因为老鼠跟老鼠都不一样！小老鼠好打好闹，你鼠夹不能太敏感，那小鼠很容易从旁边一推一碰鼠夹，啪的一声打下来啥也没拍住，反倒叫它提高了警惕；说年老的母鼠最狡猾，有时候它从鼠夹的后边把尖嘴伸过来吃诱饵，一般的鼠夹"啪"的一声拍下来但却没有拍住它；青春鼠龄的老鼠总犹犹豫豫，蹑手蹑脚慢慢上踏板，要是太不敏感，叼跑了诱饵还没有反应哩……这里边道道儿多着呢，一下子讲不清你就先答问题再说吧。

一番话说得我五体投地服了鼠夹王。鼠夹王听过我详细介绍后，卖给我一个长鼠夹说，我的鼠夹我的诱饵，拍不住你打电话，我去你家下手给你逮老鼠！

孬　货

　　孬货大名叫周运和，可没有几个人知道这个大名，要是你说他的小名"孬货"，远近几十里的人都知道。

　　孬货就是孬。上小学时，同学大头（大名周运来）打他的小报告，老师狠狠地批评了孬货，又表扬说"周运来同学值得学习"。孬货就偷偷地在大头的凳上摊了黏黏胶（桃树上的分泌物），凳子下边黏上一个自己画的"大头"漫画。一会儿老师叫周运来上黑板前演题，大头站起来一走，连凳子也带起来，恰巧露出凳下的"大头"，全班人顿时哄堂大笑。

　　孬货没上满小学就回家种地。那时还很穷，孬货锄地锄得肚子咕咕叫，一眼看见一个老婆婆拎着馍篮来走亲戚。孬货停住锄，眉开眼笑上前说："大姨你来了？俺妈叫我来接你。"老婆婆一愣怔，孬货接过馍篮，抓住一个馍就填到嘴里去。

　　一次孬货拉煤想去澡堂洗澡。澡堂当时要五毛钱一张票，孬货搞价说给俺降降价，三毛一张票中不中？卖票的就给了他几句难听的。孬货洗罢澡就偷偷放大池的热水，临走时又顺手牵羊把澡堂的毛巾塞进他裤裆里带出来。

　　孬货孬得名声越来越大。那次他去火车站卖中药材回来觉得渴，就到田村瓜地里偷瓜吃，选了一个大的一拳打碎正往嘴里掏红瓤。看瓜老汉蹑手蹑脚过来猛喝一声："逮住你了，偷瓜的！"孬货纹丝不动边吃边说："我是圪峇村的孬货，渴了借您个瓜吃吃。"这个老汉一下子跌坐地上了:"是孬货? 老爷呀,吃吧吃吧,没事,吃罢再捎走个大的。"

整顿社会治安秩序时,也有人说要整孬货,但孬货只是"小错不断大错不犯",并没有大的违法行为,再说他本家都是村里的主要干部,所以孬货虽说孬,可没有受过气。不过孬货一天天大了,想找媳妇了,他家穷又名声不好,所以直到30岁才找了个寡妇带着孩子来过。

结了婚的孬货就想法不孬,不过孬惯了,猛一下子不孬还真不容易。那天孬货一边骑车一边苦思冥想怎样赚钱让老婆孩子开心,不知不觉就从路这边跑路那边逆行去了。正好一个十七八岁的女学生,骑着车子飞快迎面赶来,孬货躲闪不及,啪一声撞上去。那闺女"哎哟"一声喊就摔飞到了一边,她的新坤车也撞扁了前轮车圈。孬货一时心里很紧张,又怕出人命又怕赔钱。当时孬货也翻在地上,就趁势闭着眼睛装死,一动也不动。好长一段时间后,那闺女才爬起来,一爬起来就连忙到孬货跟前摸他的鼻子试试是否还出气,很着急地喊:"大伯大伯。"喊了好半晌孬货才睁开眼睛,装着才苏醒动弹不得又一切都不记得的样子。那女学生一瘸一拐地去附近村里找人找车拉孬货去医院就诊。一看女学生走远,孬货骑上车飞一般逃跑了。孬货媳妇可是好人,听说后揪着孬货鼻子骂了个狗血喷头。

后来村干部组织村里人集体去县城打工,孬货就也去了。打工结束前,带队的村干部好一番功夫联系,才有了一个机会见村里出来的大官。大官就是孬货当年的同桌同学周运来。周运来现在不仅是一方父母官,还是报纸上评出的"人民群众的好公仆"。大官家在县城南头新修的香港大道上。村里的人舍不得打车去,就穿胡同走小路。到半路孬货一下子踩上下水道里溢出来的脏水,扑通一声摔一跤,脏水湿透了衣裳,浑身带着腥臭味。到大官家村干部就说孬货半路摔了跤。大官开玩笑说:"老同学呀,上小学时咱班里就有话,孬货孬,要摔跤!"孬货脱下衣服拧着臭水说:"咱是面上孬,你是心里孬。"又说:"看你这门口,光展展的,你这后头没几步的胡同里下水道就跑水,老百姓说多少年了没人管!还好公仆?我在这儿打工半年,老百姓骂你的人不少!你大头名声比我还孬!"

春 喜 醉 酒

　　春喜,成天在高高的脚手架上爬高爬低的一个民工,能走进这个酒店,是因为他提了一个建议被采纳,据说算下来一年能给公司节省几十万。董事长兼总经理华总亲自批准给春喜长五百元工资,又委托部门经理侯保富代表他请春喜吃顿饭以示关怀。这样,侯经理才和春喜走进这个饭店,当然还有陪同的,是侯经理手下的几个科长。

　　侯经理并不是平易近人的管理者。平时,他就是对下属的科长们也总是绷着脸一本正经,何况对一个小小的临时工?今天一下子拉近距离还真是不自然,他使劲抖动着宽阔的腮帮子挤出些笑容来,表扬了春喜几句,然后举杯道,喝酒,喝!

　　春喜和侯经理在一起也觉不得劲,嗫嚅着说,侯、侯经理,俺不能喝,都知道的。

　　侯经理不高兴,心想狗肉上不得席面,把杯子猛一墩说,谁能喝？今天是为你庆贺，不能推辞，来，干！

连续三杯酒下肚，春喜胃里发热，喉咙发麻，脸上红扑扑的，说，俺脸都发烫了，真不敢再喝了！

侯经理这才有了一丝笑意，说，脸蛋红就是能喝，倒上，喝！

春喜只好又灌了一杯，说，侯经理，别让俺喝了，再喝走不出这门哩！

侯经理又绷起了脸，说，不行，喝！不会让你多喝！

春喜只好跟着大家又干一杯，说，已经多喝哩，已经喝多了！

侯经理说，我说没喝多就是没有喝多！

科长们乱纷纷地说，侯经理没少关心你，小伙子喝吧！

春喜去拿酒杯，手却抖抖地拿不住，斜睨着侯经理，说，谢谢，谢谢侯经理！

科长们说，你真该好好感谢侯经理！

春喜忽然使劲睁大眼睛说，谢谁？侯经理该，该感谢我！上次侯经理，调度不开，不是我给出的主意？这次我提的建议，给他，省多少心？

侯经理也喝多了，像不认识似的怔怔看着春喜，好一会儿才说，好，你小子！喝，我叫你喝就得喝！喝！

春喜就端起酒杯，咕咚一声就下肚了，竟像喝凉水一样。

侯经理也一下子喝干，科长们都大杯喝酒，说，侯经理你要提拔春喜，是个人才哩。

侯经理说，喝吧，满斟三杯，喝干我就提拔当班组长。不，直接提协理员！

科长们醉眼蒙眬说，春喜喝吧，喝得捯气儿也值！协理员啊！

春喜摇摇晃晃站起来倒酒，差一点摔倒，扶住桌子站直哼一声说，协理员？就侯，他那部门经理——算啥！先干也可以。将来，我，将来，要像华总，开大公司，当董事长！他侯，侯经理，表现好，也可以，可以优先录用，要还是成天，这样不动脑筋，就炒鱿鱼！

侯经理醉醺醺的，但没糊涂到家，听出不是好话，使劲一巴掌拍在酒桌上，但胳膊腿儿都不听使唤，那手掌落在桌上没多大劲头，轻轻响一下，酒杯酒壶和菜盘轻轻震动一下，连科长们都没咋注意。

春喜声音更大，像是在吆喝，华总他，也不值咱学！总公司，这么好的机遇，几年没啥大发展！没啥大出息！要我，不能一辈子——光干董事长！要当人大代表，要竞选市长！当上市长，给老百姓办几样实事。让咱打工人的子弟，像城里人一样上学，让城里乡下都挺直腰过日子，才不枉活这一辈！

五月里那个夜晚

那天是阴天，夜半又起了雾，段军小心翼翼地把着方向盘，大灯的光亮似乎跑不出多远就被黑漆漆、迷糊糊的雾夜吸收了。突然炸弹爆炸般一声响，汽车叽叽哽哽刹车停住了，但前轮已经下路，几株小树咔咔嚓嚓地折断了。

段军跳下车，拿出手电筒照照，看看四周地势，一颗心放肚里，一边喊小强过来，一边拿出千斤顶往上顶车架，不一会儿就换上了备用胎。

传来了脚步声和说话声。这样的荒郊野外，人的活动声音总能驱除寂寞让人安心的。但来人的态度分明并不友好，手电筒（可比他们的亮得多）的光柱集中在车旁的几株断树上，说，咋回事？大路这么宽，咋朝树上跑？

小强说话没好气儿，没看到轮胎爆了？段军转身推推小强，息事宁人地递过一支烟，道，对不住，没想到爆胎了。

对方显然是急性子，不接他的烟，道，说吧，咋赔偿？

段军过去数数断树茬子，说，一共四棵，你们说一棵多少钱，俺赔就是。说着从口袋里摸出四百元说，这样吧，俺还要赶路，一棵赔一百！

对方几个人都笑。还是那个年轻人说，说得轻巧，一百？这都是俺开发区把门的珍稀品种，马鞭松！

段军想，坏了，遇到讹诈的了。他说，这样，俺没带多钱，给一千咱两清吧。

对方说，上次在开发区北门，一棵苏木格树被撞脱皮，赔了一万三！

段军沉住气说，你说这几棵多少钱？对方说，到上午林业部门上班，叫他们估价再说。

又一阵脚步声，一个老者的声音道，谁在吵吵嚷嚷？很快就到跟前，说，小伙子，这不是胡说，这些树很珍贵的，得天明后估价。

段军十分着急，说那地震灾区的人还在等着俺哩。

对方好几个都轻轻"啊"一声，说这么快呀？那个老者反应也很灵敏，说，你们是去抗震救灾的？

小强气愤地说，咋不是？这是俺段总。段总一听广播，就在厂里开会捐助，俺被服厂不大，昨天一下子划20万给民政局。这不，看看仓库里还没发走的被褥床垫，俺都装来了。俺想民营企业里，咱要第一个赶到都江堰哩。

刚才那个年轻人拿手电筒照照货车上盖的帆布罩道，咋不早说？——咋不走高速？

段军说，这一段不是雾大吗？高速封路，俺走着瞅着，一解封就再上高速。

老人对那个青年说，只要是抗震，咱特事特办，树咱自己消化，不赔了，赶紧上路！明天我跟你爹汇报。刚才嚷得很欢的青年说，俺也正捐款呢，俺几个还想义务突击队去一线哩！老人忽然对身边一个小个子耳语几句。那个人一溜小跑去了。

前轮陷进虚土里，发动机轰鸣着不动窝。还真亏来了这些人，全去后车厢扛着推着，车才开出来上路。小个子跑过来，喊道来了来了！他拎着两个大塑料袋，跑驾驶楼跟前就往里塞。段军一愣。老人说，我自己的小卖部，好的东西咱没有，弄些矿泉水、方便面、面包、火腿肠，你们一路辛苦！

段军知道不能提钱，一边开车缓缓离开，一边喊："真谢谢了！"小强也大声感叹道，这地方人真好！

老人一边挥手一边说，一地震才知道，咱中国人净好人！

安 全 通 道

候车室大门内外早已拥挤得水泄不通，火车站广场更是人山人海。她们只有按照工作人员指点排到长长的队伍后边。

她从打工的城市赶到这里，是专程来照顾怀孕的嫂子一块回家的。她先排队买了两张回程票,心急火燎赶到嫂子乡下的娘家,坐公交车把嫂子带到这个火车站广场。一路来时嫂子几次说肚子有些疼,她没在意,毕竟是个闺女家,没经过这种事,安慰嫂子说坐上火车一天多就到,到了家,俺哥伺候得多舒坦!她斜睨着眼睛含笑地看嫂子。嫂子说,你个死妮子。嫂子想过来捶她,但一趔腰,忽然又哎哟起来,说,真不知道能不能坚持到家。天阴沉沉的,呜呜的东风吹落雪花密密麻麻地斜飘下。人们纷纷议论,大雪封路,昨天取消了几趟列车,今天清晨取消了几趟,咱这趟车不知道咋样。还有人说,就是不取消,恐怕到时候也难上去,别让挤死人。她心里有些慌了。嫂子在这个城市没熟人,她在这里更是两眼一抹黑。该咋办呢?

　　她们只有想方设法朝前移。她护着嫂子,迂回曲折,一星一点地往前边挪往前边挤。几个小时过去,没挪动多远。虽然寒风呼啸,她额上却溢出汗珠。

　　东风小了,雪花大了,纷纷扬扬飞满天空。要是在家乡的课堂上,老师可能会让她们写作文,但这时只能引起越来越大的恐慌。四周人们的脸色更阴郁了。她踮起脚看四周,无边的人海,似乎比刚来时扩大了几倍,而贴近的几乎都是强壮的男子汉。嫂子的反应越来越大了,呻吟声一声接一声。她担心地看着嫂子说,嫂子,不会要生了吧?嫂子说,谁知道呢?下坠,也许不好。

　　望眼欲穿的广播响起来了,却兜头给她们浇了一瓢冷水:"因为大雪封路,临客 2228 次列车晚点,请等候通知……"完了,完了!许多趟车都是先晚点后取消,看来这趟 2228 同样!嫂子呻吟着想往地上蹲。她赶紧拽她起来,说,可不敢!嫂子突然说,不好,我要生!她最怕嫂子这一声,但真一听到立即沉稳下来,拿起手机,加上当地长途号打 120 急救电话,一边想护住嫂子往外挤,但人群铜墙铁壁一般,哪里能挤得动一点儿!她声嘶力竭高喊:"有孕妇,快要生了!"但人声嘈杂根本没人听。她嘤嘤地哭了,但还没哭一分钟她就顿住。哥哥不在,她就是嫂子的主心骨,不能垮下来。忽然,她看到不远处有几十个穿绿军装的,一下子觉得有了希望。她朝着他们大喊:"孕妇要生小孩,请帮忙——"那些兵哥哥听到了,都朝这边挤过来,终于到了跟前。嫂子的呻吟声愈加痛苦。一个眉清目秀的兵哥哥跺着脚说:"你们咋……"他们试图护着她们冲出包围圈,但是举步维艰,速度太慢。她一迭声喊:"孕妇要生小孩,请帮忙——"兵哥哥们跟她一起喊,但收效不大,何况人海波涛开始动荡,随时存在着危险。那个眉清目秀的跟同伴一合计,说只有这样了。他们一起用力,把嫂子面朝上托起来,接着把她也托起来,一边大喊一边向外传递。下边的无数个手臂是那样有力,姑嫂俩像是一下子浮出水面的小船,在波涛起伏中并肩前行,四周已是开阔的空间。而伴随着她们的是喊声越来越雄壮,广场的高音喇叭也喊起来:请加把手递过去,孕妇要生!她感觉身下的波涛渐小,渐成了涟漪微微。她张开口,雪花落在嘴里,凉凉的,是那样的清新和甘甜。

嫂子上了救护车,她也上了救护车。当救护车开动的时候,她拉开窗户,看着广场无边的人群倍感亲切。她使劲张大双眼,要找到那些个可爱可敬的兵哥哥,泪眼模糊中,她终于搜寻到了人海中那一片无比可心的"国防绿",好像看见那个眉清目秀的兵哥哥领头朝她们挥手,喊"一路平安",她的泪水一下子涌出来。

快乐的宝柱

　　宝柱是均家营村最没成色的人,他办的没成色事往往叫人笑得肚子疼。比如说那年村里人到外地挖河,宝柱也去了,头一天上工往外甩泥就甩了县指挥长一头,几乎把指挥长弄一跤。县指挥部批评他们不注意安全,乡政府只好做了检讨。副乡长吵村主任,蛤蟆老鼠都往工地拉? 给乡里边丢人是不是? 村里只好让宝柱提前回去。后来宝柱说不上媳妇,村里想让宝柱当兵提高地位。宝柱一说当兵太激动,下河里摸了两条大鲤鱼,给乡武装部长送礼直送到乡党委办公室。正跟书记乡长议事的武装部长弄了个面红耳赤,一下子把鲤鱼扔到屋子外。

　　其实宝柱也有文化,上过小学,初中还读了大半年。但是,宝柱懒,读书也不用功,就早早回来种地。宝柱伺候地也不下功夫。他种麦子,麦子长得不到膝盖高,麦穗长得没有指头肚大,一亩打不了二百斤。很多人把宝柱的责任田当成均家营一段笑话。好长一段时间,宝柱过得日子紧巴巴的,自然也寻摸不上媳妇儿。不过懒人自有懒人的福气,那就是宝柱从小过继给大伯家当儿子,大伯家就在他们家的房子后,宅基地宽宽畅畅几亩大还连着一个大坑。大伯一去世宅院归了他。他爹娘守着他的兄弟过日子。偏巧他的弟弟出了车祸,他们家的家业也没有人继承,父母一生气早早去世,父母的宅院就也由宝柱来继承。

要说两片宅院也不算啥,但是好运气要来你挡都挡不住。电视广播里成天吆喝城市化,梦想不到城市化说句话就化到了他们跟前。他们村归到开发区,轰轰隆隆好像是一会儿的工夫就和市里连成了一体。高楼大厦建得快,他们村一月一个样。开路架桥成天不停,宝柱的两片宅基地正好连着新开的十字路口,成了好地宝地黄金地。宝柱一看这阵势,老实人就打起了小算盘。他想在这儿开一个门面房,城里人爱吃豆制品咱就做豆腐卖豆腐,保证一年温饱两年奔小康。说干就干,宝柱就借钱。借来借去没人肯给他拿这五百块钱,宝柱捂着脑袋正生气,本家哥宝聚说你守着银行去要饭? 两个大宅院你住得完? 卖一个宅院不是钱? 宝柱一拍脑袋就是,那个大宅院白放那里,还不如生财变成钱。宝柱小聪明还是有,心想卖个三万两万的,嘴上却说让宝聚先报价钱,宝聚迟迟疑疑说咱干脆点十万行不行? 惊得宝柱大张着嘴半天合不拢,回到家就给大伯和爹娘牌位磕响头,哎呀,您老人家显灵了,我一下子就要收入十万! 正磕头就听后边嘻嘻笑,宝柱爬起来一看屋里来了村主任。村主任说,宝柱呀,你可不要上当受骗呀,卖宅院也得看看买主儿! 房子你拆走不算,地皮我净给你出二十万! 宝柱一听就掂量,看来这里边有名堂,我要卖了吃大亏! 哪怕要饭也不能卖!

事情还真叫宝柱估摸对了。也就是三五年间,这地皮价钱像吹了气的气球一样膨胀起来,最后涨价涨到每亩地上百万元。宝柱的宅基地可是好几亩! 城里的电子元件厂,招来的港商和台商,还有石油公司、电子公司都是找村主任找宝柱想一下子买到手。可宝柱已经学了不少新名词,越发吃了秤砣铁了心,说这就是咱的永久股,这就是咱的传家宝,反正村里给我分钱也不困难,

俺还指望着给俺后代留俩呢。宝柱早已娶了媳妇生了孩子,现在歪着脑袋,抠着耳朵,嘴角叼着"红塔山"烟来回游转,说话底气硬多了。

刚过春节,上边传下精神,要在宝柱的宅院这一带建休闲广场。宝柱说,广场就广场,不让咱留股票,咱就得现钱,反正几百万咱一辈子也花不完。谁想村里传达说,这是公共设施,不是商业开发,上边政策,修公共设施补贴都是象征性的。有房的地方每平方米才补贴两千元,没房的地方一律不补贴。宝柱一下子又慌了神,上访告状忙活了一年多,休闲广场已经建好了。宝柱的待遇变成不领补贴给一套楼房。看宝柱的几百万变成一套房,村里人开始很痛快,后来又同情宝柱了。

休闲广场设计得很漂亮,绿油油的草地上点缀着各色鲜花,近处有人造瀑布,深处又有许多移种来的稀罕树木。不管别人怎样看怎样想,宝柱已经很满足,住着新楼房,村里分有钱,更重要的是,村里的大人孩子,谁到休闲广场游逛,没人提"休闲广场"这个名字,都是说"到宝柱的老宅院那儿溜达溜达去"。宝柱想,雁过留声人过留名,咱这一辈子也算是过得值了!于是他微笑着脸色油亮心里充满喜悦,在他的"老宅院那儿"踱来踱去更像个人物了。

宝财的网吧

宝财会打野兔会捉獾，能说会道又会算计，数遍均家营村四条街没人能比得上。当年村里分责任田，蛤蟆洼那里地势低洼，三亩算一亩没人愿意要。宝财合计觉得有利，就让村里把三十亩蛤蟆洼地全都分给他，说起来他家才该分地六七亩。村主任正犹豫，他把熬的三瓶獾油外加五个野兔全送去，村主任一高兴就把那三十亩蛤蟆洼地顶给了他。他就在洼里挖坑养鱼，很是赚了些钱。这些年说变就变，把个蛤蟆洼裹到开发区的高楼大厦里边，成了一片风水宝地。村里要收回蛤蟆洼盖门面房。宝财估摸顶不住，就说，成，我好好的责任田给村里，村里总不能亏了我。这样，宝财不花一个纸儿就又有了三间门面房。宝财开始时开饭店，后来进了一趟城，回来就关了饭店门搞网吧。

宝财搞网吧很来钱，说到底，赚的净都是上学的孩子们的钱。小孩子学电脑就是快，全村的孩子似乎一下子都成了"网虫"。宝财搞生意有道道，又是包月优惠，又是免费茶水，又是夜半供应方便面，又是大用户单独开雅间。一时间，宝财的网吧，在开发区成了最旺最发的名店，说是独领风骚也不为过。可是慢慢地，村里人发现自家的孩子跟从前不一样了。先先后后这个去找宝财那个也去找宝财。

村西老张说，俺儿子偷起钱来了，你说，你网吧没开前，俺儿

子上学乖孩子,从不乱花一分钱,现在他一个月好几百还不够花!上上网吧就这样!

宝财说,老张呀,你到城里头打听打听,我的网吧在咱门口,收费低那是有名的,要不开我这网吧,你儿子到市里头,多费几倍钱你干瞪眼!

小学校长老刘说,宝财,打你弄这网吧,学生们上学问题可多了,你得刹刹车吧。

宝财说,我刹哪门子车?时代往前赶哩,从前咱这儿荒地野坟,现在都高楼大厦了,你能叫他刹车?水过地皮子湿,都这样往前走哩。脑瓜不开化,咱就成老古董了。

本家哥宝路说,宝财,你弄这网吧可坑人哩,我的老二没明没夜泡你网吧里,早先下学还帮我干点家务活儿,现在上学都不好好上了。

宝财说,宝路哥,网吧里能开发智力哩,要不然会同意咱办网吧?凡事有弊就有利,反过来说,有利也有弊,你得看全点。

村东老侯说,宝财,你不能再开这网吧了,你知道俺小芳早先多腼腆,在学校年年都是三好生,这半年死你那网吧里,咋成个这样!成天跟阿昆混一起,丢我祖宗八辈人哩,我想打断小芳的腿!

宝财说,我说句不好听的话,要不是网吧在咱村咱门口,多丢人的事情说不定都办出来!咱可都听说了,老刘的外甥女可是外皮里瓤的城里人,才上技校就打胎!我关了这个网吧,城里头网吧多着呢,你能关得完?孩子嘛,你就没网吧,她该往哪道上走也照样走,咱的网吧在咱村门口,比城里网吧安全多了!

村主任说,宝财,你得考虑考虑了,咱村出了"黑虎别动队"!净十三四的小子还有闺女!抢人家外边人的钱包,还把人家大腿扎几个窟窿，公安逮住三四个，说是你网吧里不学好！

宝财说，村主任，你得给我做主哇，三十亩责任田我都交村里我不是不开通呀，我开网吧是开发智力，咱村出了多少电脑行家，功劳咋没人给我往身上算，见一有赖事就找上我的门？电视里成天刀枪剑戟地打来杀去满脑袋血，咋没人找电视台的事？苹果涩牙能怨土地薄？胡桃酸鼻梁能怨雨水淡？

宝财的老婆说，街坊邻居都难受咱，咱又何苦来？钱多带不到棺材里去，够咱吃够咱喝的，咱还这么忙乎个啥？

宝财立眉竖目骂老婆，说真应了那句老话头发长见识短，跟刮风似的往抽屉里刮钱，谁要不干是傻瓜！

说来说去就到了夏天的这个晚上，老侯两口从家里直哭到大街上。老张劝，老刘劝，宝路劝，老侯的大哥劝，劝来劝去就有了几十号人骂网吧。大家说王八蛋网吧在那里太作祟！我们砸了他！群情振奋、揎拳捋袖地发声喊，争先恐后赶到网吧乒乒乓乓一阵乱砸，电脑屏幕键盘加桌子板凳都砸得狼藉一片。派出所的民警赶到时大多数人已经累得在喘气，只有一个人还在发疯地砸。民警拧住他的胳膊叫打开手电筒。灯一亮众人都大吃一惊，原来不是别人正是宝财！宝财使劲撑着身子又哭又喊满脸泪说，我的儿子也跟小芳他们跑没影儿了，留下纸条说我要找他他立马就去死！